Longa carta para Mila

Dados Internacionais de Catalogação na Publicação (CIP)
(Câmara Brasileira do Livro, SP, Brasil)

Ormond, Andréa
  Longa carta para Mila / Andréa Ormond. – São Paulo : GLS, 2006.

ISBN 85-86755-36-2

1. Ficção brasileira 2. Lesbianismo 3. Ficção I. Título.

06-2885   CDD-869.93

Índice para catálogo sistemático:

1. Ficção : Literatura brasileira   869.93

Compre em lugar de fotocopiar.
Cada real que você dá por um livro recompensa seus autores
e os convida a produzir mais sobre o tema;
incentiva seus editores a traduzir, encomendar e publicar
outras obras sobre o assunto;
e paga aos livreiros por estocar e levar até você livros
para a sua formação e entretenimento.
Cada real que você dá pela fotocópia não autorizada de um livro
financia um crime
e ajuda a matar a produção intelectual.

Longa carta para Mila

ANDRÉA ORMOND

LONGA CARTA PARA MILA
Copyright © 2006 by Andréa Ormond
Direitos desta edição reservados por Summus Editorial

Projeto gráfico e capa: **BVDA – Brasil Verde**
Diagramação: **Acqua Estúdio Gráfico**
Editora responsável: **Laura Bacellar**

Edições GLS
Rua Itapicuru, 613 7º andar
05006-000 São Paulo SP
Fone (11) 3862-3530
e-mail gls@edgls.com.br
http://www.edgls.com.br

Atendimento ao consumidor:
Summus Editorial
Fone (11) 3865-9890

Vendas por atacado:
Fone (11) 3873-8638
Fax (11) 3873-7085
e-mail vendas@summus.com.br

Impresso no Brasil

PREFÁCIO

Confesso que ao iniciar minha leitura de *Longa carta para Mila*, fiquei meio perplexa diante da enorme naturalidade com a qual são narradas as aventuras sexuais da personagem principal em busca da compreensão de si mesma. Logo eu, pensei, que considero de extrema importância as mulheres lésbicas nomearem o próprio sexo, falarem de seus relacionamentos sem pudor, para assim naturalizá-los, em uma sociedade ainda regida pelo todo poderoso Falo...

E me vi assim estupefata diante de uma cena de *ménage à trois*, orquestrada por uma personagem que, nas palavras dela mesma, era "a tonta que passou vinte anos sem beijar ninguém, trancada em casa com medo do mundo". Viva Andréa Ormond, que corajosamente afronta o silêncio lésbico imposto durante séculos e nos traz cenas tão fortes que retiram, definitivamente, a mulher lésbica de seu eterno papel de coadjuvante quando o assunto é sexo.

As lésbicas não são mais aquelas que se bolinam com suas unhas enormes e vermelhas para o deleite dos espectadores machos. À mulher é concedido também o lugar de *voyeur* – por que não? – durante tanto tempo negado. Daí o meu espanto. Os (pré)conceitos se fixam de tal maneira em nossa mente que eu mesma tive que piscar algumas vezes para assimilar o que estava vendo impresso no papel com todas as letras.

Daí os leitores desavisados podem pensar que se trata de mais um exemplar de literatura pornográfica, em que a única diferença é a ausência do pênis. Longe disso.

Raspando-se ligeiramente a superfície óbvia do texto, vislumbramos uma autora sofisticada, com claro embasamento teórico. Ela articula seu texto de maneira ágil e agradável. Em outras palavras, sabe muito bem o que está fazendo, ao forçar mais um pouco a linha que delimita o "lugar" do desejo feminino na sociedade hetero-patriarcal-falocêntrica.

Longa carta para Mila é um daqueles livros que merecem ser degustados como um bom vinho. Saboreado lentamente em seus mínimos detalhes, para que possamos entender, em todas as nuanças, essa história fascinante de luta, autoconhecimento, amor-próprio, sonhos e realidades de tantas Cris, Joanas, Paulas, Carmens, Andréas e Lúcias com que cruzamos todos os dias, seja no Rio de Janeiro, em São Paulo, Fortaleza, seja nos confins do Mato Grosso. Sim, porque as histórias de busca do amor e da verdade de cada uma são universais e se dão, consciente ou inconscientemente, para todas nós, com ou sem final feliz.

Parafraseando Italo Moriconi, gostaria de dizer que é com muito prazer e orgulho que acompanho a estréia de Andréa Ormond, autora jovem e promissora, nesse palco iluminado onde se encontram as autoras da literatura lésbica contemporânea.

Lúcia Facco

1

Acho que nunca conheci Joana como gostaria de tê-la conhecido. Às vezes me olhava no espelho e pensava que gostaria de ser ela, e profundamente gostaria que ela fosse eu. Gostaria que ela pudesse me dar a tranqüilidade e o amor que eu dava a ela e gostaria de dar a ela o tanto de loucura e devoção sincera que ela me dava. Às vezes me olhava no espelho e pensava se eu e ela pudéssemos ser uma coisa só, espetacularmente una, como duas irmãs siamesas.

Antes de Joana houve tantas outras e outros, mas só quando ela entrou na minha vida, tal qual uma festa que aguarda sua anfitriã, a palavra amar fez seu verdadeiro sentido. É tão fácil uma mulher desejar outra – às vezes se deseja por um detalhe, o jeito de olhar, um movimento de corpo – mas é tão difícil uma mulher amar e respeitar de fato outra. Comigo foi assim. Era capaz de desejar por atacado, sem nunca juntar as sílabas e dizer a frase que encerra tanta coisa junta: eu te amo.

Tal como a vida, que se engendra muito antes do nosso nascimento – dezenas de anos antes nossos avós se quiseram bem, casaram, depois nossos pais nasceram, se encontraram um dia, e, se pensarmos desta forma, parecemos a conseqüência sublime de tantos acasos – da mesma forma Joana teve para mim seu começo muito antes de ser apresentada a ela, naquela tarde fria de agosto no apartamento de Pinheiros. Joana começou provavelmente no dia em que eu, aos doze anos, percebi não passar imune ao hábito de ficar de mãos dadas com minhas coleguinhas no colégio. Ou quando as outras meninas levantavam a blusa para mostrar o sutiã recém-adquirido e eu (só eu? impossível), sentia uma coisa estranha que era um misto de tremor, rubor e insofismável prazer.

Ah, sim: talvez Joana tenha se iniciado quando, ao aprender a me tocar, eu pensasse um pouco nos garotos, mas depois pensasse também nas outras meninas e na boca, uma beijando a outra e eu beijando e sendo beijada com a mão por dentro da blusa. E talvez Joana estivesse crescendo dentro de mim quando já me preparava para o vestibular e andava ao lado de uma colega, e às vezes deixava que ela andasse um pouco mais na frente, só para olhá-la melhor. E nos filmes e nas novelas, eu anotando mentalmente quais eram as atrizes mais lindas e mais gostosas e depois procurando outros filmes e outras novelas em que minhas preferidas tivessem atuado.

A verdade é que Joana foi brotando em mim aos poucos, em várias épocas e de várias formas. Até que um dia ela já estava pronta. Minto. *Eu* estava pronta. E aceitei o convite para visitar uma boate onde, minhas colegas diziam isso com um ar de fascinação e horror forçado, era permitido que pessoas do mesmo sexo *ficassem*. Ainda morava no Rio de Janeiro nessa época e, como é público e notório, a noite do Rio é escassa em atrações, por isso aquele era *o lugar*. Lembro que fiquei ansiosa a semana toda, assistindo às aulas da faculdade meio tonta, até que chegou sexta-feira.

Caprichei o melhor que podia (ou que sabia) e fiquei medindo o quanto de espanto causaria nas outras meninas se o que planejava fazer se realizasse. Nenhuma delas tinha qualquer intenção de sair do armário, estavam indo para *o lugar* como quem vai a um circo ou a um zoológico ver animais raros. Mal sabiam que eu estava resoluta em ser também um daqueles bichinhos especiais.

"Que engraçado, olha", uma das meninas, chamada Kátia, me puxou de lado, "duas mulheres se beijando!" Eram duas garotas da nossa idade, atraentes de morrer, esparramadas em um colchão inflável dando o melhor beijo que – até então – já tinha visto na vida. Uma oferecia a língua à outra e as duas se tocavam, se descobriam, era tão gostoso olhar quanto participar. A Kátia toda pudica afirmou no meu ouvido, "se uma dessas vier tentar me agarrar, eu bato e grito".

Tive pena dela. E das outras, que riam de tudo. Fui me afastando e tentando colocar o pensamento nos eixos, o que valeria a pena para mim naquele momento, o que me traria benefícios ou só problemas. Estava tão imersa consultando meus valores que nem percebi uma aproximação. Era uma garota bem mais velha, de uns vinte e cinco anos. Disse que eu estava parecendo muito triste e perguntou no que estava pensando. "Em tanta coisa", respondi.

"Pensa em mim", ela disse, "nos meus olhos". Ela realmente tinha olhos lindos, azuis cintilantes, e cabelos pretos que realçavam ainda mais a beleza dos olhos. Espiamos fundo uma a outra. Perguntou meu nome e, bobamente, fiquei em dúvida se dava o meu nome verdadeiro ou não. Acabei dizendo a verdade. "Eu me chamo Ana Cristina, mas você pode me chamar de Cris". "Está bem, Cris, eu sou a Paula. Posso te beijar?"

Claro que podia. Eu e meus beijos: antes daquele beijo que ia acontecer, já tinha beijado poucas vezes na vida, uma quando perdi a virgindade em uma festa (onde o beijo foi só mais um detalhe, entre tantos outros sórdidos), e a outra dois meses antes daquele dia, com um cara que me interessara muito até beijá-lo e descobrir que tinha mau hálito. Agora olhava fixamente para a boca de Paula, uma boca carnuda e feminina como a minha, que se aproximava cada vez mais e mais...

Pôs a mão delicadamente na minha nuca, com os dedos entre os meus cabelos, e me puxou. Nossas línguas se encontraram e se procuraram de novo. Era o melhor gosto que eu já sentira na vida. Melhor do que sorvete de chocolate com calda e castanha. Melhor do que dropes de menta com água gelada.

Nos juntamos, uma à outra, pela cintura. Colamos nossos corpos da mesma altura, seios com seios, pernas entrelaçando pernas. Desceu as mãos e agarrou minha bunda. Ficamos assim muito tempo, bocas se sugando e ela me bolinando, como se fôssemos uma da outra desde o início dos tempos.

"Vem, vamos no banheiro", propôs, "lá dá para ficar mais à vontade". Para mim estava ótimo daquele jeito, mas a idéia de ir para o banheiro me acendeu uma expectativa: de ver aquela menina nua e poder tocá-la, beijar seus seios e sentir o gosto do seu sexo. No caminho, passamos pelas minhas colegas da faculdade: elas já tinham entendido tudo e agora percebia em cada uma delas um olhar hostil, algo como medo que se traduz em ressentimento e ódio. Previ, mas não podia imaginar quanto, que ia ter sérios problemas.

Mas naquele momento nada me importava, e seguia Paula para onde quer que ela quisesse me levar. O banheiro estava lotado, esperamos uma cabine vagar e entramos. Sentei na tampa do vaso sanitário e Paula tirou a blusa. Chupei seus peitos com vontade. Depois fizemos ao contrário. Baixei a calça *jeans*, e ela, a saia. Nos tocamos até que nossas mãos ficassem encharcadas. Paula teve um orgasmo. Eu não, mas fingi que tive.

Quando saímos lá de dentro, felizes da vida, uma coisa estranha e inesperada aconteceu. Um rapaz aguardava Paula, encostado na porta do banheiro. "O que você estava fazendo aí?", ele perguntou e ela respondeu, "nada". Ele insistiu na pergunta e me apontou, dizendo que ela estava comigo lá dentro. "Não estava", Paula ficou dizendo, e pediu que eu confirmasse que não a conhecia. Confirmei, sem no entanto conseguir conter as lágrimas brotando nos olhos. Eles foram embora e me deixaram ali, estatelada com o que estava acontecendo. Paula nem olhou para trás.

Voltei para a pista e vi os dois se beijando. Minhas colegas da faculdade, ao que parecia, já tinham ido embora. Dancei um pouco sozinha e tomei um copo de vodka. Depois voltei para casa a pé, chutando pedrinhas, como nos filmes. Com tanta coisa na cabeça que não conseguia pensar em nenhuma. Eu me sentia, pela primeira vez na vida, linda. E me sentia desejada. A menina mais bonita da boate tinha me escolhido e traído o namorado comigo. Podia ter escolhido qualquer outra para fazer aquilo, mas me escolheu. Era a parte boa da história e tentava me concentrar só nessa, para não sofrer o resto.

Segunda-feira, aula de direito constitucional na faculdade. Entrei e a turma toda me olhou, como se nunca tivessem me visto. Os meninos tinham um ar de riso. As meninas, um ar de raiva. Principalmente minhas três colegas que tinham ido a*o lugar* comigo. Sentei e fingi que nada estava acontecendo. Fingi o máximo que pude. Em certa hora, precisei de um livro emprestado para consultar. Virei para a menina ao meu lado e pedi. Ela não me dirigiu a palavra.

Como quem prolonga a agonia de uma morte inevitável, fui pedindo a cada um na sala o bendito livro emprestado. Eu me tornara invisível, ninguém me respondia. Levantei e fui embora. Disse para a minha mãe que queria largar a faculdade e me mudar do Brasil, para um lugar onde *não houvesse discriminação*.

"Você é discriminada por que, minha filha?", minha mãe perguntou. "Você é branca e tem carro, não te falta nada." Olhei para ela com receio e vergonha. Vergonha de que ela soubesse que, apesar de não parecer, eu também pertencia a uma minoria e estava agora terrivelmente consciente disso.

Trancada no quarto, chorei mais do que tinha chorado dois dias antes por Paula e pela situação toda. Procurei um CD que tinha uma música, uma música que eu lembrava e que agora fazia um sentido profundo para mim. John Lennon cantando *Woman is the nigger of the world*.

Não larguei a faculdade, nem abracei verdadeiramente a idéia esdrúxula de sair do país: no dia seguinte estava lá, bela e formosa, para a aula. De fato continuava, depois de Paula, a me sentir bem mais bela e bem mais formosa do que antes.

A maioria das pessoas na sala de aula não falava comigo, mas em outra turma, de outra disciplina, descobri quem falasse, apesar da história já ter se espalhado por lá também. Um garoto bonito de cabelos aloirados chamado Carlos veio para mim e disse: "Bela, não liga para esses imbecis não, é tudo sapatão e bicha danadinha". Nós dois rimos. Uma garota chamada Carmen, com quem eu nunca trocara uma palavra, também se aproximou para conversar. No intervalo sentamos os três no pátio e debatemos abertamente sobre o que estava acontecendo. E concluímos que faculdade de Direito é um ambiente hipócrita e que se fosse na Comunicação ou Letras aquilo nunca aconteceria.

"Quero ver eles advogados", o Carlos falou, "escolhendo causas e clientes pela cor da pele ou pela orientação sexual". "Esse povo todo", a Carmen completou revoltada, "não será advogado, porque ser advogado é acreditar na igualdade antes de tudo". Concordamos que, dali, só nós três seríamos verdadeiros advogados e nos abraçamos, selando uma espécie de pacto de união. Nos dias seguintes, surpreendentemente, várias pessoas vieram falar comigo e prestar solidariedade. As três que estavam na boate, de forma absurda, tinham instalado uma verdadeira máquina difamatória, espalhando que eu era lésbica. Como se eu me envergonhasse daquilo. Talvez antes; mas agora, mais do que nunca, eu me orgulhava.

Eu me orgulhava de ser lésbica? Mas eu era lésbica? Fiquei pensando nisso alguns dias. Cheguei a concluir e dizer veementemente para mim mesma: "Cris, você não é lésbica, você só sente atração por mulheres". Ótimo, que raciocínio torto. Por outros dias concluí que era bissexual. Mas ser bissexual não pressupõe ser também lésbica? No fundo o peso da palavra era o que me incomodava um pouco. Eu sentia orgulho e queria fazer parte, mas o estigma de assumir aquela palavra como definidora da minha sexualidade atrapalhava.

2

Enquanto me perdia nesses descaminhos, o aspecto prático da coisa, a vida sexual que me levaria a uma real conclusão, foi ficando esquecida e para trás. De noite, antes de dormir, na hora de me tocar, eu pensava na experiência singular com Paula. Lembrava do momento exato em que soltara o sutiã e levantara a blusa, me mostrando aqueles seios lindos. E a boca molhada, tocando os meus mamilos, que pareciam permanecer úmidos da sua saliva horas depois, quando eu já tinha voltado para casa.

Decidi ir à boate de novo. Ir a*o lugar*. Dessa vez iria sozinha e não tive receio nenhum de ir sozinha. Sexta-feira me arrumei, saí de casa e fui a pé; *o lugar* ficava em Ipanema, no meu bairro. Na porta, um bando de rapazes me olhou. E pela primeira vez observei a diferente e gostosa sensação de ser lésbica: você é olhada mas não encontra a mínima razão para olhar de volta; é cobiçada mas não sente a mínima necessidade em retribuir.

A boate estava tão cheia quanto da outra vez. Procurei automaticamente Paula, depois vi que isso era uma tolice. Uma mulher batia fotos. Deixei que me fotografasse e comprei a foto. Fui para o balcão do bar. Ali era frio o movimento, só casais já formados. Concluí que o melhor era sentar em um dos inúmeros sofás e esperar.

Não foi preciso esperar muito. Uma menina apareceu ao meu lado. Dessa vez eu que fiz as honras da casa. "Meu nome é Cris, e o seu?" O dela era Mariana. Tinha mais ou menos a minha idade, vinte anos. Ficamos sentadas ali, ouvindo a música, um *techno* alucinado. Mariana pôs, tímida, a mão na minha perna. Repeti o mesmo gesto, colocando a mão na perna dela. Depois viramos e nos beijamos.

Mariana tinha os cabelos castanho-claros, muitas sardas e batia com a cabeça na altura dos meus seios. O beijo dela era bom, só um pouco menos incisivo que o de Paula. Nos tocamos bastante, sentadas no sofá. Em certo momento não queria outra coisa senão comê-la. Lembrei dos colchões infláveis, que ficavam atrás de uma cama elástica. "Vamos para lá", propus a ela, "vou te deixar nuazinha".

Eram dois colchões, onde os casais deitavam. Colchões de solteiro, altos e brilhantes, porém estreitos, o que só permitia que um par fizesse uso deles por vez. A maioria dos pares apenas se deitava ali e se beijava um pouco, às vistas de curiosos e curiosas. Quando dois caras deram a vaga, puxei Mariana e deitamos. Ela, no entanto, não deixou que eu sequer levantasse sua blusa. "Aqui não é bom", pediu, "vamos para a minha casa".

Fiquei preocupada de ir para a casa de uma desconhecida. Perguntei onde ela morava e disse que era na Tijuca, um bairro na Zona Norte. "Não tem metrô essa hora", puxei um pouco para trás. "Vamos de táxi", insistiu, "eu pago".

Aceitei. Apanhamos um táxi, comportadinhas, para o taxista não notar nada. Ela morava em um apartamento grande na praça Saens Peña, que é o centro do bairro. Na sala, a mãe estava assistindo à TV. Lembrei da minha mãe, que também devia estar vendo TV, preocupada comigo. "Mãe", ela disse, "essa aqui é uma amiga minha do inglês, que vai dormir aqui hoje". A mãe me deu dois beijinhos. Fomos para o quarto e Mariana chaveou a porta por dentro.

O quarto dela era tão diferente do meu! Parecia que ainda estava presa na infância, muitas Barbies e fotos dela criança, com a mãe. Era muito lindinha, tinha a mesma carinha e as mesmas sardas que agora. Fiquei vendo as fotos enquanto ela abriu uma gaveta, apanhando mais e me mostrando. Explicou cada uma: o pai, os avós falecidos, o irmão que estava viajando. Perguntou como eu dormia, porque ela ia dormir nua.

Deitamos as duas completamente nuas debaixo do edredom. Tinha ligado o ar-condicionado e estava gelado. Era uma espécie de ritual. Deslizamos a mão levemente uma sobre o corpo da outra, tateando no escuro. Toquei a boceta de Mariana e ela se abriu toda para mim. Desci a cabeça beijando entre os seus seios, a barriga, até que cheguei lá embaixo. Pela primeira vez na minha vida, ia realizar o sonho de beijar o sexo de uma mulher.

Mariana tinha um gosto que não permanecia na boca, como tantos outros que experimentei depois. Passei a língua suavemente, ela gemia baixinho e aquilo me deixava mais e mais presa ao que estávamos fazendo. Quando parou de gemer, pedi, "geme mais". Comecei a usar os dedos, também de leve. Acelerei aos poucos, até que ela tremeu o corpo todo e gozou.

Ficamos deitadas mais algum tempo, uma ao lado da outra. De repente Mariana disse, "você tem seios lindos e quero que me ofereça eles". Sentei na cama e coloquei a cabeça dela entre os meus seios, como se fosse amamentá-la. Enquanto ela fazia aquilo, eu mesma me tocava. Não tive dificuldade alguma para gozar daquela forma.

Deitamos de novo. Começamos a conversar e Mariana contou que estava se preparando para fazer vestibular de Medicina. "Eu estudo Direito", contei. Falamos mais um pouco, sobre os colégios, faculdades e sobre a boate. Perguntei se ela sempre dormia com as meninas de lá e disse que às vezes. Não senti ciúmes daquela ser uma situação repetida: estava feliz de estar acontecendo comigo naquele dia e não com outra.

Demos um beijo de boa noite. No dia seguinte Mariana me despertou. "Acorda, vamos tomar café. Não tem ninguém em casa, hoje é sábado e minha mãe foi trabalhar na obra social". Levantei, vesti a blusa e a calcinha e tomamos café juntas. Ela me deu o número do seu telefone, escrito em letras grandes em um papel de carta. De qualquer maneira, combinamos que nos veríamos na semana seguinte na boate.

Cheguei em casa e minha mãe estava preocupada. Foi franca e perguntou se eu conhecia bem o rapaz com quem tinha passado a noite. Não soube o que dizer, fiquei longos segundos olhando para ela, que completou, "se for fazer sexo, usa sempre o preservativo". Senti uma vontade louca de contar a verdade, toda a verdade, desde o início. Mas acabei entrando apressada no meu quarto e dizendo, "não dormi com rapaz nenhum, mãe, você inventa cada coisa".

Carlos e Carmen eram agora os meus melhores amigos na faculdade. Outros se juntavam ocasionalmente ao nosso grupinho para discutir política e liberdade. Tudo o que acontecera de forma tão rápida, a fofoca e o ridículo boicote da turma, espalhou em nosso meio uma pequena semente de contestação na qual eu figurava como um símbolo. Mesmo que apenas uma minoria fosse solidária, era aquela minoria que agora estava fazendo barulho e criando um ambiente reconfortante a quem quisesse expressar sua orientação. Rapazes gays chegavam para mim e davam força, trocando experiências de vida. Uma menina veio me pedir conselhos, estava confusa, e tentei ajudá-la da melhor forma que pude. Mal sabia que eu também não tinha qualquer certeza ou vivência mais profunda que me autorizasse a aconselhar alguém, sobre qualquer coisa.

Carlos falava muito bem, era um jovem muito inteligente e preenchia nossas conversas com uma base mais sólida de argumentos. Carmen era emotiva e gostava de música e cinema, procurando sempre traçar paralelos entre a arte que apreciava e os acontecimentos. Nem Carlos e muito menos Carmen eram homossexuais, o que tornava a posição deles e a nossa amizade recente ainda mais bonitas e admiráveis. Contei a eles tudo o que estava acontecendo, minha nova ida à boate, a noite com Mariana.

Carmen uma vez leu uma carta que escrevera para um namorado, que terminava com a frase: *E se eu só tenho vontade de te beijar, como vou poder um dia te amar?* Era ingênua, como ela mesma definiu, mas traduzia a situação que eu atravessava naquele momento: era só desejo o que me vinha, mas não amor. E eu queria muito amar outra mulher, era o objetivo que estava colocando para mim ao romper a barreira e me descobrir cada vez mais livre.

Por outro lado, toda a descoberta da minha sexualidade permanecia intimamente ligada ao início de um tratamento diferenciado por parte daqueles que, antes, eu julgava meus amigos. Quantas pessoas, comecei a pensar, não abafam a sua verdadeira essência em um canto escuro de si apenas para não serem pressionadas pelos outros? E quantas pessoas não escondem *o melhor de si*, julgando que assim vão se adaptar melhor, quando na verdade estão apenas mutilando suas personalidades? Fingir ser algo que não somos verdadeiramente é um esforço hercúleo, de representar todo o tempo. É como fazer teatro 24 horas por dia, sem intervalos ou tempo para respirar ou descansar.

Isto não vale apenas para a orientação sexual. Comecei a pensar também em quantos casais que estão juntos representando que se gostam, em quantos empregos são mantidos à custa da infelicidade daqueles que trabalham. Quantas vocações são perdidas, quantas advogadas que queriam ser veterinárias, quantos dentistas que queriam trabalhar no circo, quantos engenheiros que não queriam ter seguido carreira na pintura? Mas o medo e a pressão fazem com que as pessoas, tal como o sol que se esconde atrás das nuvens, ocultem seu verdadeiro brilho atrás de uma nuvem pessoal de falsas conquistas e falsos valores.

Com ou sem a aprovação dos colegas do Departamento de Direito da prestigiosa universidade carioca, pretendia pôr em prática todos os meus desejos e sonhos. "Achava que isso não existia mais em pleno século XXI", Carmen disse, "a Inquisição". Mas a Inquisição existia e estava ali, nos sorrindo, ainda que se fingindo de surda e sendo praticada de boca em boca, de comentário em comentário.

Voltei à boate no final da semana. Encontrei Mariana sentada em um canto, conversando com uma menina. Me aproximei e sorrimos uma para a outra. Nos abraçamos e beijamos rapidamente. "Cris, esta aqui é a Denise", Mariana apresentou. Nos olhamos. Denise era alta e magra, quase não tinha corpo. Estava mal vestida, com uma calça rasgada e uma camiseta do tipo que os meninos usam. Pensei que ela devia ser roqueira, ou algo do tipo, me agradaria muito se fosse. Mariana sentou entre nós duas e começamos a conversar.

Realmente, Denise era vocalista de uma banda. Isso me deu um pouco de tesão nela. Conversamos sobre Belle and Sebastian e The Strokes. Mariana parecia estar boiando e nós explicamos um pouco sobre as bandas. Além de qualquer coisa, era bom ter amigas com quem conversar daquela forma. Apesar do barulho, gastamos o resto da noite ali sentadas, viajando por grupos e sonhos de visitar lugares como Londres e a Escócia. Na empolgação fizemos um planejamento bem louco, de juntar dinheiro e viajar. Quando já eram quase duas da manhã eu propus: "Hoje vamos dormir lá em casa?" Queria retribuir de alguma forma a hospitalidade de Mariana na semana anterior e realizar a fantasia tão simples de transar na minha própria cama.

Elas aceitaram e fomos a pé, andando pela rua Visconde de Pirajá, até que o celular de Mariana tocou. Sentamos na calçada enquanto Mariana se entendia com a mãe sobre dormir fora naquela noite. Estava tão bom nós três, ali sentadas na calçada, que ficamos mais algum tempo, contemplativas, olhando a noite profunda de Ipanema e os raros carros que passavam.

Cheguei em casa, abri a porta e espiei a sala. Minha mãe já tinha ido dormir há séculos. Entramos. Denise começou a rir de nervoso, era inteligente e interessante, mas muito boba. Mariana sentou no sofá com receio de fazer barulho. Sussurrávamos. Expliquei que morava só com minha mãe. "Vocês moram em Ipanema por quê?", Mariana perguntou, "aqui é tão caro!" Contei que o apartamento era próprio, por isso a gente morava lá. Denise se esparramou no sofá e eu disse, "podem tirar o sapato se quiserem". Elas acharam graça daquilo e eu não entendi o que havia dito de tão engraçado.

Começaram a rir muito. Foi nessa hora que minha mãe acordou. Entrou no banheiro, depois saiu e foi até a sala ver que barulho abafado era aquele. Tomou um pouco de susto ao ver as duas ali sentadas. "Mãe, essa aqui é a Mariana e essa é a Denise." Se cumprimentaram, minha mãe tonta de sono. "Elas vão dormir aqui." "Tudo bem", minha mãe disse sem desconfiar de nada, "tem lençol e travesseiro no armário do quarto do meio".

Fomos para o quarto. Meu coração, dessa vez, batia descompassado. Não tinha como chavear a porta (não tinha a chave), então puxei uma pequena cômoda e bloqueei a passagem.

Denise tirou a blusa. Era muito magra, quase esquelética. Usava sutiã só para constar, não tinha qualquer vestígio de seio.

Abriu a boca e me ofereceu a língua. Passei a mão por seu corpo longilíneo, e ela pelo meu. Mariana agarrou Denise por trás. Fiquei um longo tempo beijando Denise enquanto nós três nos tocávamos por cima das roupas. Chupei um pouco os mamilos de Denise, tirei a blusa e ela fez o mesmo comigo. Não sei por que, mas a coisa que eu mais queria era que as duas ficassem juntas na minha frente.

Deixei que se agarrassem. Dessa vez pude ver melhor o corpo de Mariana, muito bonito, os pentelhos loiros, a barriga cheia de sardas. Denise tinha um corpo estranho, mas não me tirava o desejo, era curioso tocá-la, acho que a palavra certa é *diferente*. Mariana se abriu toda para ela, como havia feito uma semana antes para mim. Elas estavam na minha cama de solteira e eu de pé, no meio do quarto, me tocando feito uma louca.

Denise chupava muito bem e fiz questão de observar *como* ela fazia aquilo. Era mais nova do que eu dois anos, mas muito mais experiente. Mariana gozou rapidinho com a boca de Denise ali, trabalhando. Quando acabaram eu disse para Denise se deitar e tentei fazer da mesma forma que acabara de vê-la fazendo. Demorou um bocado, mas gozou na minha boca e fiquei orgulhosa de ter conseguido, mesmo que estivesse impregnada até a alma do seu gosto, muito diferente da suavidade do gosto de Mariana.

Descansamos um pouco, esparramadas no chão, e voltamos a conversar. Olhávamos o tempo todo para o corpo das outras duas. Só de olhar a boceta de Mariana eu já me sentia muito molhada. E Denise, com aquele corpo intrigante, sem peitos e sem bunda, com um rosto comprido e magro. Completando tudo isso, o gosto massacrante na minha língua e nos meus lábios.

Deitei e pedi que Denise me chupasse, enquanto Mariana acariciava meus seios. Segurei ao máximo que pude o orgasmo, a língua de Denise era maravilhosa e levava a sensações inacreditáveis. Cheguei a julgar que me apaixonaria por ela, que teria aquele gosto para sempre na minha boca e que seria chupada daquela forma todos os dias, mas durou muito pouco. Quando a gente foi dormir, as três no chão deixando a cama vazia, tive uma sensação oposta e pensei que Denise me desagradava por alguma razão que não conseguia compreender – e foi com esse último pensamento que eu olhei para elas, que já dormiam, e também adormeci.

Adormeci por minutos. Acordei com minha mãe batendo na porta. As duas também acordaram sobressaltadas. "Se veste, rápido", e nós vestimos a blusa e a calcinha. Arrastei a cômoda para o lado e abri. "O que vocês estavam fazendo aí?", minha mãe perguntou, olhando para dentro. O rosto lívido de Mariana era uma sentença de culpa. Mas minha mãe só olhou, olhou mais um pouco e bateu a porta, sem dizer nada. Deitei e só consegui voltar a dormir horas depois, quando o dia já ia claro.

3

Acordamos de tarde, emprestei roupas para as duas e fomos ao shopping. Minhas roupas sobravam em Mariana e faltavam em Denise, o que produzia um efeito cômico. Mesmo assim muitos meninos nos paqueravam e um tentou falar com Mariana. Foi a deixa para Denise discutir com ela. Estava com ciúmes. Mariana parecia provocar, muito orgulhosa de ter sido assediada pelos meninos. "Olha a Cris", uma hora Mariana disse, "ela entende que eu não prometi nada a nenhuma de vocês duas, quero viver minha vida e acabou-se, dou bola para quem quiser, ouviu bem?"

Em certo momento Denise virou a mão no rosto de Mariana e foi embora. Mariana começou a chorar e entramos no banheiro do shopping para ela se recompor. Apanhou um táxi e jurou que ligaria no dia seguinte. Pronto, lá estava eu sozinha de novo. Peguei o celular e procurei o telefone de Carmen. Precisava conversar com alguém de fora. Carmen atendeu respondendo por monossílabos e perguntou se não poderia ligar mais tarde. Disse que sim e voltei para casa chorando.

Mais tarde Carmen me ligou. Nesta hora eu estava inquieta, lembrando que tinha emprestado as roupas para aquelas duas. Denise eu nem sabia onde morava. Carmen explicou que ia dar uma reunião de amigos naquela noite, por isso estava correndo de um lado para o outro. Perguntei se era convidada, nem me passou pela cabeça de que poderia estar sendo inconveniente. Mas ela respondeu, "claro!" E lá estava eu, começando a noite, sem ter parado um segundo desde o dia anterior.

Os amigos de Carmen eram diferentes das pessoas com quem me acostumara a conviver. Eram mais velhos, mais sérios e tinham profissões exóticas como cenógrafo, tradutor de revista em quadrinhos e o mais intrigante, um sujeito que fotografava monumentos na rua para a Prefeitura. "Mas como assim?", perguntei, e ele explicou, muito compenetrado, que a Prefeitura monitorava o estado de conservação dos monumentos públicos através das fotos.

Carmen também estava diferente naquela noite, muito mais solta e feliz do que costumava ficar na faculdade. Gastou um tempo enorme contando o que estava acontecendo comigo. Nessas horas, era curioso, eu sempre gelava e me embaraçava com alguém expondo publicamente minha condição de lésbica. Uma moça de uns trinta anos, muito atraente, disse que em certa época da sua vida também discriminava pessoas com orientação sexual diversa e que aquilo podia ser só uma fase. "Não é fase", Carmen afirmou com veemência, "eles são estúpidos, naquela faculdade só tem estúpidos e acabou-se". Ela parecia muito resoluta contra o ambiente universitário.

Eu estava me divertindo e me sentindo aceita por todos, mas não conseguia me distrair, pensando em ligar para Mariana e pedir minhas roupas de volta. Acabei telefonando e Mariana estava na boate. Com voz alegre de quem tinha bebido muito. "Estou vestida de Cris ainda", disse, "vim direto." "E Denise?", perguntei. "Ah, dela eu não tenho a mínima idéia e não mora perto." Dei minhas preciosas roupas como perdidas e tentei relaxar.

Um dos amigos de Carmen se aproximou e ficamos conversando recostados na janela do apartamento, vendo a praia de Copacabana. Em certo momento nos sentimos românticos e falamos coisas um para o outro. Ele contou de uma antiga namorada e, na falta de relatos sentimentais, narrei um sonho de criança: eu de vestido longo, sentada em um aeroporto, esperando alguém que chegava. Era um sonho recorrente e sua excitação decorria da expectativa do encontro, que eu sabia prazeroso. Ele achou interessantíssimo e deu algumas explicações psicológicas que julguei estarem acima da minha compreensão. Quando acabou de falar eu quis beijá-lo. Deu vontade. Nos beijamos ardentemente.

Meia hora depois eu disse que estava esgotada e que precisava ir embora. Ele escreveu no meu braço *Felipe* – e o número do telefone. Escrevi no braço dele o meu número, achando divertidíssimo aquilo. Apanhei um táxi, cheguei em casa e desmaiei de cansaço.

No dia seguinte Felipe ligou, perguntando se eu gostaria de ir à praia com ele, de tarde. Disse que não. E nos dias subseqüentes ele também ligou, sem faltar nenhum. Conversamos muito, tinha uma conversa ótima e era uma espécie de autodidata em psicologia, mas não era aquilo que eu buscava. Acabei sendo franca, "Felipe, eu sou lésbica." "Eu sei", ele disse, "mas eu pensei que..." "Desculpa", completei, "mas quero me apaixonar e casar com uma mulher, é este o meu objetivo de vida."

Desligamos. Não sei de onde dentro de mim arranquei tanta certeza para dizer aquilo. Estava me sentindo muito sozinha e vazia, a presença dele me ligando todo dia era como um ópio, mas mesmo assim eu sabia que andava contra a minha verdade. Podia ir para a cama com ele? Podia e seria bom. Mas não ia adiantar nada, simplesmente estaria adiando o sofrimento. "Eu sou lésbica e pronto", concluí, e precisava eleger minhas prioridades a partir da certeza da minha verdadeira essência.

Eu era muito jovem, mas já estava sedimentando certezas profundas, embora me abatesse muito facilmente e me tomassem de assalto, por vezes, dúvidas absurdas. Minha mãe, por exemplo. Ela me criara sozinha, meu pai morreu de repente, e agora só tínhamos uma à outra. Talvez por isso, enquanto eu crescia, ela se entregava em uma espécie de torpor, de esquecimento próprio, como se para minha vida desabrochar, precisasse anular e enterrar definitivamente a sua.

E se apesar disso tudo, descobrisse que gosto de ir para a cama com outra mulher — como eu, como ela — iria reagir de que forma? Talvez me colocasse para fora de casa. Ou talvez nunca mais me visse com os mesmos olhos de antes. Até ali eu era a filha que lhe dava orgulho, que passara em uma ótima faculdade e que teria uma carreira brilhante como advogada pela frente. Ela aceitaria uma advogada brilhante e lésbica? Ela aceitaria a realidade de que eu ia chegar em casa cansada do trabalho e teria outra mulher me esperando e que nós duas dormiríamos juntas e assistiríamos à TV juntas, antes do beijo de boa noite? Ela aceitaria que seu neto fosse criado por duas mães? Que medo me dava fazer todas essas perguntas.

O que eu não imaginava, no entanto, era que a vida ainda daria muitas e muitas reviravoltas até que aquilo tudo acontecesse e precisasse me defrontar de forma clara com minha mãe. Na sexta-feira, depois de falar pela última vez com Felipe, me arrumei e fui até a boate. Não queria encontrar ninguém, estava intimamente torcendo para que Mariana e Denise não estivessem lá. Mas, surpresa... encontrei foi Paula. Lá estava ela agarrada ao namorado. Achei que seria educado ignorá-la e foi o que fiz. Ela, no entanto, se desembaraçou dele e veio falar comigo.

"Queria te pedir desculpas daquele dia, Cris." Ao menos lembrava o meu nome. "Tudo bem", repliquei, "está desculpada". "Eu gosto de mulheres, mas gosto dele também", ficou dizendo e eu sem o mínimo interesse em ouvi-la, tentando me livrar da situação. "Tudo bem, tudo bem, desencana", fui empurrando ela de lado. Se gostava do cara, por que traí-lo? Estava se saindo uma chata e tanto. "Mas escuta, se outro dia eu vier sozinha, você me dá atenção?"

"Acho que não", disse, e consegui escapar. Ela ficou parada no meio da pista, com os braços abertos. Depois daquilo não tive paciência de prosseguir nada, tomei um copo de vodka e voltei para casa. Deitei na cama e fiquei olhando para o teto, muito triste. Paula era linda, mas por que agia daquele jeito? Talvez eu me casasse com ela. Talvez não. Com Mariana não casaria, com Denise menos ainda. Eu tinha tesão em Carmen, não que fosse bonita, era o estilo dela, mas nunca rolaria nada. Lembrei de Paula no dia do banheiro, no meu primeiro beijo, meu primeiro toque em uma mulher, ela tinha sido a primeira e nem sabia disso. Eu nunca a esqueceria. Mas tinha sido bem feito largá-la falando sozinha.

Na faculdade abriram um concurso de pesquisas jurídicas. Foi Carlos quem trouxe o papel para mim, já com as guias de inscrição dele, minha e de Carmen preenchidas. "Você vai querer participar?" Li as regras. Núcleos de pesquisa de quatro alunos. Daria muito, muito trabalho e o prêmio era supérfluo: uma viagem ida e volta para a Inglaterra, dada por uma companhia aérea. Digo supérfluo porque era um sonho, mas um sonho que à primeira vista não traria ao vencedor qualquer benefício profissional, só diversão. "Se você for entrar eu convido um conhecido meu e o grupo está fechado", ele disse. Lembrei da conversa com Mariana e Denise sobre viagens. Concordei em participar, achando que não custava nada uma tentativa.

Gastei o resto da minha semana concluindo várias coisas. A primeira delas foi que não iria mais na boate. Não que a curiosidade tivesse se esgotado, mas precisava de uma coisa nova antes que me entediasse. A segunda foi que ia dar o máximo de mim naquele concurso, ganhar a passagem e, por que não?, tirar um mês de folga nas férias e me divertir.

Não seria simples, mas eu queria acreditar em alguma coisa. Mariana me ligou no sábado. Outra conclusão: também não queria mais transar com ela. "Nos desencontramos na boate", disse, "preciso te devolver as roupas, peguei também as da Denise." "Vocês se encontraram?", perguntei, meio sem ter interesse na resposta. "A gente vai ficar juntas", Mariana contou, "ela tá apaixonada por mim". "Ok", respondi, "amanhã eu passo na sua casa e pego as roupas então". "Amanhã não posso", Mariana retrucou, "vou sair com ela, mas se você quiser posso deixar com a minha mãe". "Deixa sim", respondi. E desliguei.

Saí para dar uma volta por Ipanema. Vi as lojas com coisas que não poderia comprar. Por enquanto. Sentei na pracinha e fiquei escutando uma voz bonita, grave e rouca, cantando uma música antiga do Roberto Carlos, *Debaixo dos caracóis dos seus cabelos*. Fiquei procurando o dono da voz. Era um senhor de uns sessenta anos, tocando violão, com uma menininha ao seu lado pedindo esmolas. Tirei todo o dinheiro que tinha no bolso e dei a eles.

Voltei para casa, liguei o computador e comecei a escrever: *Segregação sexual – um estudo jurídico*. A idéia me veio de repente. Liguei para Carlos. "Você é perfeita", ele disse, "está bem na nossa cara e a gente não estava vendo." O tema do trabalho estava pronto. Faltava, agora, só elaborá-lo.

4

"Vamos fazer trabalho de campo", Carmen sugeriu, "entrevistar os nossos próprios colegas, dando o benefício do anonimato, e elaborar a parte teórica em cima do discurso deles." "Como assim?", Carlos e eu perguntamos. "Vem cá, ô, vocês são burros?", Carmen sempre com o seu jeito ranzinza continuou explicando, "vamos dar voz ao preconceito para que ele se manifeste e depois é simples, basta argumentar demonstrando seu aspecto criminoso. Se estiver difícil para vocês entenderem, eu explico de novo", ela concluiu.

Estávamos excitadíssimos. "Gênias, vocês são duas gênias", Carlos não parava de dizer. Tinha trazido um amigo seu para completar o grupo, um rapaz chamado Bruno com quem nós simpatizamos imediatamente. Fizemos uma lista das atividades de cada um dali por diante. As minhas eram simplesmente pesquisar nos livros. As de Bruno, encontrar pessoas que falassem. Carlos e Carmen redigiriam o trabalho.

Aquilo começou a tomar meu tempo. Por um mês não pensei em mais nada. Uma sexta-feira resolvi dar um pulo na boate e ver como as coisas andavam. No caminho lembrei da resolução de não ir mais, desisti e voltei. Preferia ficar afundada nos livros, pesquisando sobre as relações do Direito com o homossexualismo. Na Grécia era permitido, só para os homens. Em quase todas as culturas do mundo em que o homossexualismo era tolerado, essa lei só valia para os homens. *Woman is the nigger of the world.*

Sentei ao lado da minha mãe e ficamos vendo TV. A gente quase nunca conversava. Puxei um pouco de assunto, quis saber dela. Era tão pouco assunto que nos calamos. Fiquei entretida com o programa humorístico que passava. Melhor ir dormir.

No dia seguinte fui buscar as roupas na casa de Mariana, atrasara uma semana do dia que combinara. Ela estava em casa e me recebeu friamente. "O que foi?", perguntei. "Se a Denise souber que você está aqui, ela me mata." "Como assim?", e Mariana explicou que Denise era ciumentíssima. "Depois daquele dia que vocês se estapearam", comentei rindo, "percebi que havia algo mais forte." "Nem me fala", Mariana disse, "tá apaixonada, me dá presente todo dia." Mariana se aproximou de mim e perguntou, como se dividíssemos um segredo: "E se eu cansar dela, Cris, o que eu faço?"

"Não faz", tive vontade de responder. Mas dei só de ombros. Era justamente o que eu queria evitar na minha vida. Mariana não amava Denise mas estava com ela por se sentir protegida e querida. Denise tinha um temperamento forte e só enxergava a si mesma e a sua paixão por Mariana, sem perguntar se a recíproca era verdadeira. As duas brigavam e se feriam mutuamente. Melhor ficar sozinha do que aquilo.

Tudo certo, com exceção de um pequeno detalhe: eu não queria ficar sozinha. Se por um lado não queria uma relação falsa, por outro a solidão era insuportável. "Nunca mais vou à boate", Mariana disse, "Denise não deixa". Nos despedimos. Apanhei o metrô e fiquei achando que morreria solteira. "Eu não tenho nem vinte e um anos, que droga!", fiquei pensando. Era muito nova e já via tudo e todos de forma crítica e um pouco desesperançada.

"O lesbianismo é uma doença, que só tem uma cura, tomar vergonha na cara."

"Homossexualismo é sujeira."

"Eu nunca receberia um gay na minha casa."

"Se eu fosse mãe de uma lésbica, eu a obrigava a se sustentar."

"Aquele caso da menina do sexto período, eu tive vontade de linchar ela."

"Fizeram muito bem em denunciá-la, pode ter aids e passar para a turma."

"Eu tenho medo dela."

"Desculpe, Cris", o Bruno falou, "mas foi exatamente isso o que eles disseram, eu só transcrevi." "Não tem problema", respondi, "isso me dá mais força para fazer o trabalho". Carlos e Carmen liam os depoimentos, vermelhos de ódio. "Há um mito", Carmen soltou o verbo, "de que a discriminação sexual está diminuindo neste país. É mentira", prosseguiu, "ela apenas está cada vez mais velada porque seus autores têm medo de serem punidos".

Não havia como discordar. Passei minhas anotações para que juntassem com o material trazido por Bruno. "Em duas semanas vai estar tudo pronto", Carlos falou, "aí temos mais uma semana para fazer alterações e preparar a apresentação oral do trabalho. Cris, nós estávamos pensando em uma coisa."

"O quê?", perguntei já prevendo e me sentindo toda gelada. "Você vai falar em nome do grupo", Carlos afirmou. Não perguntou se eu aceitava, apenas afirmou, com o apoio silencioso de Bruno e Carmen. Pedi um tempo para pensar. Mas a minha resposta, no fundo de mim, já estava decidida: não fugiria à responsabilidade, era óbvio que eu falaria. Mesmo que parecesse que advogava em causa própria.

Na quinta-feira daquela semana acontecimentos curiosos, que começariam a mudar os rumos da minha vida, se desenrolaram. Era de tarde, estava revisando obsessivamente pela milésima vez os tópicos do trabalho, quando o telefone tocou. Do outro lado uma antiga vizinha nossa, amiga da minha mãe.

"Cris, aqui é a Astrid, como vai?" Astrid contou que casara e mudara de cidade, do Rio de Janeiro para São Paulo, por causa do emprego do marido. Ela tinha perto de quarenta anos, um filhinho pequeno, e tudo andava bem até que o marido, sem motivo aparente, chegou em casa e anunciou que pretendia se separar. Agora ela morava com o filho em um pequeno apartamento e trabalhava. Tinha a vida estabilizada mas se sentia muito só.

"Queria pedir à sua mãe para passar uns dias aqui comigo", Astrid disse. "Vou falar com ela", prometi, e desligamos. De noite comentei com minha mãe e ela telefonou de volta. No meio da ligação pareceu ter uma idéia e sugeriu: "e se a Cris fosse no meu lugar?" Astrid disse que adoraria, não me via há quase dois anos. A questão, além disso, era perder as aulas. Um feriado apareceu providencialmente. Não sabia bem se queria ir, mas fui.

5

Minha preocupação era unicamente com a pesquisa e o trabalho que seria apresentado e entregue dali a uma semana, mas Carlos me tranqüilizou dizendo que cuidariam de tudo. Bastava escrever a minha fala de apresentação na volta.

Entrei no avião meio sem saber onde iria aterrissar. Vi o Rio de Janeiro de cima, a coisa mais linda que existe. São Paulo era cinza, mas parecia um oceano, com todos aqueles prédios. Pouco tempo depois eu conheceria Joana e ela diria *São Paulo não precisa de mar, São Paulo já é o mar.*

Desci no aeroporto de Congonhas e Astrid me aguardava. Estava mais velha e parecia sofrida. Trazia o filhinho pela mão. Nos abraçamos. No caminho de carro, ela foi mostrando a cidade. Minha cabeça, no entanto, ficara no Rio, na faculdade e no discurso que teria que proferir diante de uma banca de juristas, dali a menos de dez dias.

"Este aqui é o Minhocão", Astrid explicou enquanto passávamos por um elevado monumental, "ele atravessa uma grande extensão da cidade e corre por entre os prédios." Fiquei olhando sem prestar atenção. Astrid morava em um apartamento pequeno, mas em ótima localização, perto do Shopping Pátio Higienópolis e do Hospital Samaritano, onde ela trabalhava. "Custa caro morar aqui", Astrid disse, "mas é prático ir a pé para o trabalho".

O apartamento era lindo, muito bem decorado, aliás, como era o apartamento dela na época de Ipanema. "Você vai dormir no meu quarto", explicou, "eu durmo na sala e o Paulo Henrique tem seu próprio quartinho, mas essa semana vai ficar na casa da minha sogra." Acomodei minhas coisas e pedi para descansar um pouco. Nada tinha feito senão viajar, mas me sentia esgotada.

Acordei horas depois, com Astrid me chamando. Descemos para almoçar em um restaurante italiano na rua Sergipe. A melhor comida que eu já provara na vida. Depois fomos andando as duas pelo bairro onde, alguns anos depois, eu também viria a morar.

Conversamos pouco. Ela não era de falar muito e eu também não andava com cabeça para ouvir. Senti uma coisa ruim, como se estivesse ali para cumprir um papel e não fosse capaz de corresponder. Meu papel era ajudar e confortar Astrid, distrair uma amiga sozinha em dificuldades. Entretanto, passei a noite em claro pensando em um monte de coisas além desta.

Astrid saiu para trabalhar e não me acordou, acabei levantando quase uma da tarde. Telefonei para o celular e me explicou que era para ir tomando banho, porque quando chegasse nós iríamos a um encontro com amigos. Torci para que fossem gente boa e divertida, como os amigos de Carmen.

Astrid chegou menos de meia hora depois. "Saio do trabalho e são dez minutos andando até aqui." Tive um pouco de inveja da vida dela, morando sozinha e trabalhando perto de casa. Mas já tinha trinta e sete anos!, naquela idade eu também seria assim. Esperava ser até melhor, sem a infelicidade que Astrid estampava no rosto. Não, eu não seria melhor. Aquele era um pensamento cruel, no fundo ninguém é melhor do que ninguém. E Astrid era uma médica muito competente.

Saímos de carro. Fazia frio. O edifício dos amigos de Astrid era baixo, simples e não tinha lugar para estacionar. Deixamos o carro em uma garagem na Teodoro Sampaio e fomos a pé. Tocamos a campainha. Uma menina de menos de dezoito anos abriu a porta. Meu coração fez toc, toc, toc. Foi assim que conheci Joana.

"Esta é Cris, a amiga carioca de quem falei." Joana me olhou. Não pareceu interessada. Mas eu me apaixonara por ela quase instantaneamente. Uma garota linda, da minha altura, cabelos e olhos pretos. Parecia uma cigana. Muito séria.

"Ela vai notar que gosto de mulheres", pensei. "Tenho que parar com isso." Mas eu não conseguia parar. Os outros conhecidos de Astrid eram caras quarentões que se achavam no direito supremo de assediar continuamente as três mulheres presentes. O apartamento era do irmão de Joana, vinte anos mais velho que ela. Eu não ouvia o que nenhum deles falava. Só notava Joana.

"É o meu fim nessa cidade", me bateu a paranóia, "eu mal cheguei". Se notassem algo Astrid iria saber, contaria para a minha mãe e apressaria a conversa que eu adiava, mas por quê? Por que não conseguia tirar os olhos de uma menina linda, vestida de saia e blusa preta? Perguntei à Astrid a idade de Joana. "Dezessete", Astrid cochichou, "é inteligentíssima e quer fazer vestibular para Direito, conversa com ela." Joana agora nos olhava de longe, cercada por dois sujeitos que enchiam o seu copo.

Joana se desvencilhou deles melhor do que me desvencilhara de Paula, dias antes. Aqueles homens eram muito chatos, só falavam de carro e trabalho. "Você vai fazer vestibular para Direito?", perguntei, com um medo indefinido, mas que no fundo era apenas insegurança.

"Vou fazer moda", Joana disse. E se calou. "Astrid falou que era Direito", insisti, "eu faço Direito." "Muito difícil", Joana foi falando e acendendo um cigarro tentando parecer adulta, "eu não estudo porcaria nenhuma e Fuvest eu não passo, vou fazer Moda na particular que é melhor".

Eu encostara na parede do corredor e agora podia observar o rosto dela de lado. A menina mais linda que eu já vira? Provavelmente. O corpo muito certo, os seios empinados e elegantes, Joana parecia aquilo que todo mundo dizia que eu mesma parecia: uma princesa.

"Ei, você tá me olhando?" Que desastre, ela notou. Começou a rir. Na falta do que fazer, ri também. "*Gasp, gasp*", desculpa, ela disse, "mas que coisa, você tá me olhando de um jeito muito estranho." "Não é nada", respondi, "só achando você legal."

Ela abriu um sorriso. "Você também é legal", respondeu, "legal é igual a bonita, certo?" "Certo", respondi. Nos olhamos. "Olha essa boca, meu Deus", Joana fez um ar cínico. "O que tem minha boca?", perguntei, desconcertada pelo elogio. "Eu com uma boca dessas", Joana prosseguiu, "não ia ter para ninguém."

"Olha para você", comentei para encerrar o assunto, "é muito mais bonita do que eu, tão evidente isso que até eu mesma achei".

Passei o resto da noite afastada de Joana e sentada ao lado de Astrid. A troca de gentilezas, em certo momento, tinha adquirido a entonação torta de agressões sem que eu entendesse o motivo. Joana não gostara de mim? E eu, qual a razão de ter dito que ela era linda de forma tão irônica e displicente? Na verdade só sentia uma única coisa: vontade de beijá-la. Ou de deitar a cabeça no seu colo.

Lugar chato, inquietação para ir embora. Astrid tinha bebido e estava com outro rosto. Fiz com que se despedisse de todo mundo. Quando chegou a vez de Joana, Astrid perguntou se ela tinha gostado de me conhecer. Joana disse que sim. Foi até uma mesa no canto da sala e apanhou papel e caneta. "Quero o seu e-mail", pediu, "aí a gente se fala e resolve quem é a bonitona das duas." Achei graça do jeito dela. Anotei meu e-mail e nos despedimos.

Astrid não tinha a mínima condição de dirigir. Mesmo assim insistiu em pegar o carro. "Vai devagar", implorei. Começou a dar voltas sem sentido. Na porta da Fnac, quase atropelou a livraria. Usei meus nulos conhecimentos da cidade para guiá-la. Chegamos sãs e salvas depois de cruzarmos quase meia São Paulo.

"Você viu aquela livraria?", Astrid perguntou. "Vi sim", respondi. "Foi lá", Astrid estava chorando, "foi lá que ele me apanhou e me cumprimentou diferente, muito frio". Falava do marido. "A pessoa sabe, a mulher sabe, Cris." Ela parecia muito desesperada e tentei acalmá-la. "Quando chegamos em casa, pediu para ter uma conversa e disse a pior frase que eu já ouvi na vida", continuou.

"Que frase?", eu estava agoniada com aquele choro e aquele horror todo, mas tinha que fazer um bom papel e ampará-la. Ele disse, "*acho melhor para mim a gente se afastar. Você já viu frase mais egoísta do que essa, Cris?*"

Não, eu nunca tinha visto. Astrid mudara de cidade, tinham o filhinho, tudo o que ele pedia ela fazia. "Tem gente", Astrid continuou, "que é um monstro, mas quem está próximo só nota com o passar do tempo, ou finge nunca ver para acreditar em uma mentira". "Você tem razão", eu disse, "fica calma."

Ela foi se acalmando. Contou que dias depois da separação, voltou na livraria para refazer o percurso e exorcizar o trauma. Queria provar a si mesma que por pior que estivesse, ainda assim era capaz de fazer sozinha aquele último percurso de carro que fizera com ele. Uma forma simbólica de libertação emocional.

Astrid era uma mulher bonita. Loira, olhos castanhos, magra e com muitas pintas de sol pelo corpo, herança de Ipanema, quando passava as manhãs torrando na areia. Olhar para ela naquele estado, tão derrotada e fragilizada, foi me dando vontade de chorar.

Sentia agora vontade de cuidar de Astrid. Talvez de beijá-la, tinha quase o dobro da minha idade mas aquilo não importava. Forçar uma situação para tomarmos banho juntas. Algo assim. Fazê-la feliz da minha forma. Inexperiente eu era, mas às vezes me julgava uma garotinha infernal.

No dia seguinte acordei intrigada e envergonhada com a idéia de seduzir Astrid. Talvez fosse coisa de menina, que admira uma mulher mais velha, fiquei pensando. Não admirava Astrid, pelo contrário, a julgava tão frágil quanto eu. Ela disse que eu poderia pegar suas roupas quando quisesse, então fui no armário, apanhei uma peça íntima e vesti. Acho que estava ficando maluca. Ou estava só com tesão?

De noite chegou cansada do trabalho. Interessante é que havia duas coisas sobrepostas no meu pensamento: Joana e a possível aventura com Astrid. Eu ia começar a agir como não devia. Ajoelhei e tirei a sandália dela. "Quer massagem nos pés?", perguntei. "Pode ser", começou a fazer uma cara agradável, o que me encorajou. Massageei os seus pés e comecei a me sentir molhada. Se não conseguisse, ia ser um embaraço.

Astrid foi fechando os olhos, tomei coragem e beijei seus pés. Ela não se opôs e fui beijando e subindo meus beijos, até que se conteve e me afastou. Olhou para mim e aproximou o rosto, "menina, você não é mais criança", foi dizendo, "tem que arrumar um homem". "Eu não gosto", respondi, "gosto disso que acabei de fazer".

"O quê?, disso?", e pôs os pés na minha frente, quase tocando meu rosto. Continuei a beijar. Astrid sussurrou, "eu te vi pequena, assim". "Eu sei, respondi, mas agora vai ser minha". "Vou?", Astrid sorriu. "Vai sim", e coloquei o rosto entre as suas pernas. Abri o fechecler da calça e ela levantou o corpo para tirá-la, ficou só de calcinha. Jogou a blusa de lado. Toquei seus seios e desengatei o sutiã. Tinha os seios pequenos. Não nos beijamos na boca. Ela abriu as pernas e deixou que eu a chupasse, puxando a calcinha de lado. E foi só.

Se vestiu novamente e assistimos à TV em silêncio. Em certa hora perguntou, "você faz sempre isso?" Não sabia o que responder. Fiquei quieta, estava preocupada. E se Astrid não agisse de forma honesta e contasse alguma coisa? Antes de ir dormir, perguntei se ela ao menos gozara. "Não", respondeu, "eu sou heterossexual". "Ok", respondi. Se queria daquela forma, ficamos combinadas assim.

Fui dormir. Dois dias depois, com o desconforto instalado, a idéia de que tínhamos feito algo parecido com sexo parecia absurda. "Cris", ela me disse quando eu arrumava as malas para ir embora, "quando pedi para você vir, queria uma companhia para sair e me divertir, me libertar. Queria uma cúmplice", prosseguiu, "uma amiga para me dar força, mas aí aconteceu aquela coisa ridícula e..."

"Cala a boca", eu disse, sendo firme com ela. "Respeita a minha sexualidade e o meu desejo" – estava falando aquilo de um jeito muito franco e a ponto de perder o controle – "você não pode chamar o meu desejo de ridículo, não pode!" Astrid me olhou assustada. Saí sem me despedir e acreditei estar com raiva dela. Mas no fundo, Astrid é quem tinha todos os motivos verdadeiros para me odiar.

6

Quando pensara estar sendo uma mulher sedutora, na verdade estava agindo como uma menininha fútil e mimada. Até aquele presente dia eu só tinha me magoado. Desembarquei no Rio como quem retorna de um exílio. Liguei imediatamente para Carmen. "E São Paulo, como foi?", Carmen perguntou, achando que eu tinha novidades boas para contar. "Não teve nada de bom", respondi, "só as mesmas chateações de sempre."

A única coisa boa que acontecera em São Paulo, fiquei pensando, talvez já tenha se esquecido de mim. Joana e sua voz, seu sotaque, seu rosto e seu corpo. "O que será que ela achou do meu sotaque também?", eram tantas interrogações que me vinham quando pensava em Joana, que o melhor era não pensar.

Astrid foi perfeita e não contou nada para minha mãe. Só deixou escapar que talvez eu não tivesse gostado muito da viagem. "Por que você não gostou, minha filha?", e inventei uma coisa qualquer, relacionada ao tempo e à minha preocupação com o trabalho. Minha mãe sempre acreditava quando eu falava algo relacionado à faculdade.

Era mentira que não gostara de São Paulo. Eu amara São Paulo. Ou talvez, na verdade, eu tivesse amado algo representativo da cidade: Joana. Eu tinha que esquecer, eu tinha muito que esquecer, porque ela estava lá e eu no Rio. Chegara agora o momento mais crucial da minha vida. Ter sonhado ser advogada e falar em tribunais era uma coisa, enfrentar uma banca dos mais renomados juristas do país dali a cinco dias era outra completamente diferente.

Nos reunimos na casa de Carlos. O clima de nervosismo beirava o desespero. "Se a gente fracassar", Carmen expôs, "vamos ser motivo de chacota, porque esperam exatamente isso: que nós sejamos derrotados e nossa defesa da liberdade de orientação sexual caia no vazio. É assim que há séculos os gays são tratados em vários lugares do mundo, como cidadãos de segunda categoria. Direitos? Só estão no papel, nunca na mente preconceituosa e hipócrita das pessoas".

"Carmen, você é linda", eu disse sem resistir à coisa maravilhosa que ela havia dito, e nos abraçamos os quatro, nos congratulando. Óbvio que nosso trabalho em um concurso universitário não mudaria o mundo nem o rumo errado das coisas. Mas pelo menos tínhamos a coragem de defender convicções que achávamos honestas.

Em casa virei uma noite, depois outra, preparando meu discurso. Às vezes, de madrugada, Carlos telefonava e com sua impressionante voz de baixo lia para mim as partes escritas que estava preparando. Tendo dormido muito mal nos dias anteriores, na quarta-feira de tarde caí dura na cama e quando acordei já era quinta. A apresentação seria no dia seguinte! Nos encontramos de novo e demos tudo por finalizado. A sorte estava lançada.

Naquela noite da véspera tentei descansar e esvaziar a cabeça. Mas no momento em que esvaziava a cabeça, era seqüestrada por meus pensamentos de sempre: Joana, as outras meninas, Astrid, Mariana e Denise. A quantas devia andar o namoro das duas? E Astrid, será que havia melhorado? E São Paulo, com aquele frio e aquele mundo de concreto, será que sentia falta de mim? Será que Joana lembrava de mim? Desmaiei de sono.

Levantei com o despertador. Já no banho minhas pernas tremiam. Como ia dirigir daquele jeito? Apanhei o carro e em vez de ir direto para a faculdade, dei uma volta pelo Leblon. Olhei o relógio, não tinha mais jeito. Sucesso ou desastre, aqui vou eu.

Deixei o carro no estacionamento e subi as escadas do departamento. Era um dia de festa, todo mundo circulando e as salas vazias. Quando estava na porta do auditório central, Bruno e Carmen apareceram e me puxaram para a sala dos palestrantes. Dezenas de grupos se formavam e reviam suas apresentações, parecia uma praça de guerra. Olhei para o auditório e vi na banca examinadora juízes, desembargadores e advogados famosos. Gente do país todo, que eu só tinha o privilégio de conhecer pela televisão. "Nós somos o número 31", Carmen me informou. Eram 34 grupos e cada um tinha vinte minutos para se apresentar e entregar o trabalho. Seriam quase doze horas de maratona ininterrupta.

"Ficamos no fim", lamentei, mas Carlos, que se juntara a nós, estava achando ótimo. "Assim eles vão lembrar melhor do seu discurso, bela", explicou. Nos demos as mãos e fizemos uma corrente de força. Outros grupos faziam a mesma coisa.

Conseguimos quatro lugares e as apresentações começaram. Algumas muito boas, outras nem tanto. Minhas três ex-amigas, que tinham criado toda a confusão envolvendo o meu nome, palestraram sobre os direitos trabalhistas. "Na cabeça delas isto vale só em caso do funcionário não ser uma bicha louca", Carmen cochichou no meu ouvido e eu me segurei para não ter um acesso de riso.

Horas se passaram. Carlos cochilava em longos trechos, Carmen também permanecia dispersa, brincando com o chaveiro de Bruno. Eu era a mais nervosa. No número 25 levantamos e fomos para a sala dos palestrantes nos preparar.

"Estão lindas", Carlos disse, e virando para Bruno, "só você está muito feio". Rimos um pouco. "Trinta e um, próximo", o assistente veio avisar. Ficamos os quatro postados atrás do enorme palco. "Arrasa", era Carmen dizendo uma última coisa. Respirei o mais fundo que pude. Entramos.

Prezados senhores membros da comissão julgadora, senhoras e senhores presentes,

Este trabalho é sobretudo fruto de um sonho. Ele surge não apenas amparado pelas pesquisas e entrevistas realizadas pelo nosso grupo; ele surge do amor. O amor que para uns é impuro, degenerado, uma tara qualquer ou um desvio de caráter. Mas um amor que, na realidade, mesmo perseguido por muitos e incompreendido, segue e seguirá sendo sempre o que é: amor.

O que acontece quando duas mulheres ou dois homens se beijam? Quais as repercussões jurídicas que podem ser atribuídas a esse beijo? Ele continuará sendo um crime de atentado violento ao pudor, previsto no Código Penal? Mais: e se esse beijo for o início de uma relação duradoura e séria entre dois seres que se amam? O nosso país permitirá a união estável entre essas pessoas do mesmo sexo?

As perguntas são muitas, e cabe a nós, estudiosos, meros observadores ou mesmo vítimas do sistema, continuarmos a formulá-las. Nosso grupo chegou a algumas conclusões sobre elas.

Percebemos que os homossexuais neste país precisam, na maior parte das vezes, contar com a generosidade das pessoas. Não há leis claras que protejam este segmento da sociedade, e é preciso que tenham ou a sorte de encontrarem juízes liberais ou o dinheiro para contratarem advogados talentosos.

Logo, concluímos: não há amparo governamental, há sorte. E se o casal não a tiver, é possível que uma pessoa que já tenha acabado de perder um ente querido, perca-o novamente, ouvindo as infâmias de muitas famílias que, em vida, haviam renegado seus filhos e filhas.

Nos meus primeiros períodos de faculdade aprendi teoria do Estado e Política. A lógica destes ensinamentos ficou guardada na minha mente e nos meus olhos. Aprendi que o governo e o Estado são criações humanas, concebidas para o bem-estar de uma quantidade grande de pessoas que interagem entre si. Para que pensarmos em um Estado que não protege seus cidadãos? Cidadãos que pagam diariamente a sua cota de sacrifícios, seja com dinheiro, seja com trabalho, seja ouvindo preconceitos.

Até mesmo algumas famílias perpetuam esse modelo de injustiça. Quando uma mãe ou um pai vira o rosto contra uma filha ou um filho que se assume homossexual, está lhe negando um primeiro direito, garantido pela Constituição deste país, independentemente de raça, cor ou credo: o direito da dignidade da pessoa humana.

Somos humanos, somos normais, amamos, sofremos, rimos, ganhamos, perdemos, mas somos, antes de mais nada, humanos. Devemos ser respeitados e protegidos, na medida de nosso desamparo legal.

Digo "somos" porque também me incluo neste grupo. Amo o amor entre iguais. Amo ter alguém que me ame. E digo em voz alta, conclamando a todos e todas aquelas que se envergonham por sentirem o mesmo sentimento puro e genuíno: amem. Pois, como eu disse no início desta exposição, o que fica desta vida é aquilo que, mesmo incompreendido e injustiçado, segue e seguirá sendo para todo o sempre a mesma coisa: o amor.

Assim, em nome do grupo, agradeço a atenção de todos. Muito obrigada.

Quando terminei, sentia uma vontade absurda de chorar. Olhei para a banca examinadora. Pareciam ter gostado. Depois olhei para os meus colegas na platéia. Estavam com um ar indiferente. Ouvi ao fundo uma salva de palmas. E de repente uma mão me puxando. Quando percebi já estava na sala dos palestrantes de novo. Chorando muito.

Nos abraçamos. Carlos, Carmen e Bruno também choravam. Não sei quanto tempo ficamos ali, meia hora talvez. As apresentações terminaram e algumas pessoas vieram falar comigo. Eram os amigos de sempre, que tinham me dado força desde o início do episódio tortuoso. Agradeci a cada um. Outras pessoas que eu não conhecia também surgiram e nos felicitavam. Descemos as escadas para ir embora. Peguei o carro e de repente tudo já havia acabado e estava em casa. Propositalmente mantivera minha mãe à parte do que acontecera. Para ela aquele havia sido um dia comum. Para mim, um dia de sonho.

7

O resultado saiu um mês depois, quando já quase ninguém esperava e quando a demora já se tornara motivo de piada no departamento. "Eles perderam os trabalhos", confidenciou o Ricardo, professor de direito penal e bêbado costumaz, todo ano paraninfo das turmas de formandos. Quase acreditamos que aquilo era verdade, por causa do atraso. Mas uma manhã cheguei para a aula e fui envolvida por Carlos e Carmen me esmagando contra a porta. "Quem ganhou?" "Cris, fomos nós!"

Não era possível. Olhei o resultado mais de cinqüenta vezes pregado na parede, com a foto do nosso grupo se apresentando. Por alguma razão que eu não compreendia, não me sentia realizada ou mesmo vingada. Era apenas uma sensação de dever cumprido.

Os três comemoraram muito e eu fiquei de lado, reflexiva. Minha apresentação oral tinha levado dez, assim como o trabalho brilhantemente escrito por Carmen e Carlos. Outro grupo levara dez na apresentação oral e nove e meio na parte escrita. "Vocês fizeram o diferencial", acabei dizendo. Eles não entendiam o porquê da minha aparente tristeza e indiferença.

Joana me esquecera?

"Londres, vamos para Londres", Carmen só falava disso. Dei tratos à idéia e sentei com minha mãe para conversar. Não disse nada sobre lesbianismo, nem sobre o tema da pesquisa. Disse apenas que tinha ganhado uma passagem. Ela ficou radiante.

Na faculdade, aos poucos todo mundo voltara a falar comigo. E de forma respeitosa. Kátia, minha ex-melhor amiga, um dia sentou na cadeira em frente, virou para trás e disse: "Você nunca me deu o direito de me defender, Cris". Tive vontade de cuspir na cara dela, mas me controlei.

Recebi dos professores mais próximos uma lista de coisas para trazer: lembrancinhas, livros e CDs. Carmen, Bruno e Carlos receberam listas parecidas. "Vamos perder mais tempo fazendo compras para esses folgados do que passeando", comentamos. A viagem foi marcada para o dia 30 de dezembro. Íamos ver o *réveillon* em Londres, na Trafalgar Square.

Nosso trabalho foi publicado em livro. Tudo tão rápido! Passamos o Natal os quatro juntos, com nossas famílias na casa de Carmen, olhando o mar e sonhando com tudo o que ia acontecer. O que ia acontecer? A gente não sabia, mas pressentia só coisas boas.

Chegou o grande dia. Eu tinha dois mil dólares na bolsa, que minha mãe economizara e me dera. Carlos, Carmen e Bruno tinham melhor situação e traziam muito mais. Embarcamos com quase quarenta graus no Rio e desembarcamos com menos de zero na capital britânica. Os táxis com o assento do motorista ao contrário foram o nosso primeiro choque. O seguinte foi ter que falar inglês, mas nos viramos.

Eu tinha traçado comigo mesma o objetivo de me renovar naquela viagem. Para isso eu teria que me libertar dos meus amigos e da segurança natural que eles ofereciam. Tinha que me soltar, me jogar, em uma cidade estranha de um país estranho. Queria conhecer melhor aquilo que, no fundo, tinha sido o motivo de ter conseguido chegar até ali: o desejo por outras mulheres. Ia à luta.

Carmen entendeu minha posição. Dividimos um quarto na residência de estudantes. Carlos e Bruno dividiram outro. "Eu também quero me soltar", Carmen confidenciou, "mas quero me soltar de outra forma". Ela queria namorar Carlos. Prometi fazer o possível para ajudá-la. E ela prometeu fazer o possível para me ajudar.

Gastamos a primeira semana visitando os pontos turísticos óbvios, comprando lembranças e tirando fotografias. "Esta é a parte matinê da viagem", apelidamos. "A sessão da meia-noite começa quando?", eu perguntava e ninguém respondia.

Para mim tinha que começar logo. Comprei a revista que é o guia da programação noturna e diurna de Londres. Corri os olhos pelos nomes das boates. Muitas, dezenas de boates gays para meninos. E para mim? Lá estavam, em número bem mais reduzido, os locais simpáticos ao lesbianismo.

Escolhi três ou quatro para começar. *Garçonetes muito bonitas*, dizia a descrição de uma boate chamada Anais Nin, no Soho. Perguntei à Carmen quem ou o que era Anais Nin, parecia nome de perfume. Sentamos no Regent's Park e Carmen me falou durante horas inesquecíveis sobre a vida da escritora francesa, que fora amante de Henry Miller e da esposa dele, June.

Naquela noite ia conhecer Anais Nin. Ou, pelo menos, o que seu espírito legara a uma boate no bairro boêmio da cidade. Apanhei o metrô, desci em Oxford Street e fui a pé. Sozinha.

Lá estava. Era uma porta minúscula e um letreiro menor ainda. Não parecia uma boate, não como a boate de Ipanema, parecia um clube fechado. Paguei a entrada, quase 30 libras, mais de 150 reais. Valeu cada centavo. Era uma pequena pista de dança, tocando músicas dos anos 80, com mulheres de todo o tipo e de todas as idades circulando. Para sentar, só o bar com cadeiras no centro da pista. Mas não queria me sentar. O que eu queria ainda ia descobrir.

Não durei cinco minutos de pé no meio do movimento. Senti duas mãos enlaçando minha cintura. Era uma menina muito nova, com cara de árabe ou indiana. Ofereceu bebida. Não vi o que era, mas tinha um gosto bom.

"*Hi, girl.*" Nos beijamos e ela colocou a mão por dentro da minha blusa, tocando meus seios de uma maneira que eu nunca tinha sentido antes. Perguntou meu nome e eu disse que era Cristina. "Você é a rainha Cristina?", e respondi que sim, era a rainha Cristina, mas na época não entendi o significado da pergunta, que tinha a ver com o antigo filme de Greta Garbo. O nome dela era Dira. Pelo menos foi isso que compreendi no seu inglês tão difícil quanto o meu.

Ficamos juntas mais de uma hora. Enquanto a gente dançava, se tocava e se beijava – e em certa hora me vi com quatro dedos na boceta de Dira, enquanto ela sacudia o corpo freneticamente para frente e para trás, fingindo estar acompanhando o ritmo da música. Da mesma forma que começou, terminou, e ela se despediu de mim com um último beijo longo e com um *see ya*. Eu tinha sido caçada, agora queria ir à caça.

Vi um grupo de meninas barulhentas dançando umas com as outras. Cheguei perto e falavam um idioma latino: italiano. Escolhi a que julguei mais bonita na escuridão e a enlacei da mesma forma com que tinha sido enlaçada por Dira. E não é que dava certo? A menina se virou, me avaliou e trocamos um beijo molhado.

"Sou a Cris", me apresentei, ela era Sofia. Falava um inglês macarrônico e entre um beijo delicioso e outro, explicou que era de Milão e que estava em Londres de férias com as amigas. Eram cinco garotas lindas, todas lésbicas. Eu me contentava só com Sofia, que me atacava de todas as maneiras. Deixei que tirasse meu sutiã e levantasse minha blusa. Eu deixaria uma menina linda daquela fazer qualquer coisa comigo.

Sofia parecia muito com Paula, o mesmo tipo de rosto e beleza, fiquei pensando enquanto ela se deliciava entretida com meus peitos. As amigas de Sofia iam e voltavam do bar e manifestavam interesse em observar o que estávamos fazendo. Em certo momento uma das meninas voltou e falou algo sobre um *dark room*. O que era um *dark room*? Elas não me perguntaram se eu queria ir ou não, foram apenas me puxando e falando todas ao mesmo tempo.

Havia uma porta ao lado do bar e entramos por ali. Era um corredor estreito, passava apenas uma por vez. Acabava em uma espécie de vestiário escolar. Uma moça tomava conta de tudo e entregou a cada uma de nós um roupão. Sofia murmurou algo sobre aquilo ser proibido em alguns lugares da Europa. As quatro ficaram nuas e vestiram o roupão. Imitei o que faziam. Sofia largou da minha mão. Entramos em outra porta e passamos por um novo corredor, menos estreito e mais comprido. Eu sentia uma coisa indefinida, misto de medo e tesão. Dessa vez o corredor se abria para um lugar gelado e com música muito mais alta que na pista. E completamente escuro.

Com o passar dos minutos, a vista acostumou, mas o que aconteceu antes foi indescritível. Uma mão me empurrando para um lugar macio, onde caí deitada. Outra mão me arrancando o roupão, tocando meu corpo, minhas pernas, minha bunda. Uma língua me lambendo a boceta. Uma boca beijando minha barriga. A voz de uma das amigas de Sofia pedindo para ser fodida. Quando os olhos finalmente enxergaram, o que havia para ver era um emaranhado de corpos femininos nus, com bocas entre pernas e mãos que procuravam lugares em outros corpos para tocar.

Entre as minhas pernas estava uma das amigas de Sofia. Uma mulher de óculos, beirando os cinqüenta anos, beijava meu seio e meu pescoço, enquanto era tocada e chupada por Sofia. Entendi o que estava acontecendo e me preparei para ter quantos orgasmos fossem necessários, com quantas mulheres quisessem me comer.

Era difícil distinguir na escuridão, mas logo que pude procurei Sofia e quis chupá-la, depois fiz o mesmo na amiga dela que me chupara primeiro – e que muito me interessara. Acabei chupando também a mulher mais velha, que fazia um tipo engraçado naquele ambiente, nua e de óculos. Os gostos se misturavam na minha boca. Depois de servir tanto, relaxei de novo na superfície macia e pedi que me servissem.

Não sei quantas vezes fui tocada, apalpada e lambida no entra e sai de gente na ciranda. Em certo momento senti um dedo com uma pasta gelada, tocando meu ânus. Virei de bruços e relaxei, empinando a bunda. Alguém me penetrando com os dedos, na frente e atrás. Alguém. Quem? Não sabia, mas era alguém. Só sabia que era uma mulher – uma mulher assim como eu, que eu desejava justamente por ser uma mulher como eu. Desejava e era desejada ali, por todas as mulheres do mundo.

Muitas horas depois o lugar foi esvaziando, as vozes diminuindo e eu que havia perdido o roupão, saí vergonhosamente nua pelo corredor para apanhar minhas roupas no vestiário. Nua e trôpega, esbarrando nas paredes, como se tivesse bebido ou tomado alguma droga pesada. O sexo era uma droga pesada.

Vesti a roupa, fiz o caminho de volta pelos corredores e na pista com o bar, procurei o banheiro. Olhei meu rosto no espelho. Era a mesma Cris de Ipanema, a mesma menina carioca, a mesma amiga, a mesma estudante das leis brasileiras que em breve seria advogada no seu país tão distante. Uma infinidade de gostos e cheiros se entranhara em mim. Lavei a boca. Senti meu sexo doendo, o ânus idem. Não quis olhar de novo. Saí e apanhei um táxi.

Cheguei no quarto da residência e Carmen acordou. Acendeu a luz. Nos fitamos durante um longo tempo. Parecia estupefata. "Cris, Cris, o que houve?" Eu não sabia contar o que tinha acontecido. Deixei Carmen falando sozinha e me tranquei no banheiro. Liguei o chuveiro com água morna e fiquei de pé, deixando a água escorrer por um longo tempo.

Quando saí, Carmen e Carlos estavam sentados na minha cama, com um ar de preocupados. "Não fiquem assim", pedi, "me deixem dormir." Deitei. Eles continuavam me olhando. "Vai dormir com o Bruno", disse para Carlos e ele sentou na beira da cama, acariciando meus cabelos. "Fala com a gente, Cris, por favor." Eu não tinha o que falar, era tão absurdo que não sabia por onde começar.

Não sei por que, mas quando vi Carlos e Carmen agachados ao lado da minha cama com aquele olhar complacente, lembrei de quando era criança e meu pai e minha mãe me colocavam para dormir. E chorei feito uma boba, abraçando os únicos amigos que eu tinha no mundo.

Prometi que contaria tudo para Carmen no dia seguinte. E contei. Carlos respeitou não saber. Carmen ouviu interessada a descrição do ambiente, o nome da casa ser o de uma das suas escritoras prediletas parecia atraí-la. Quanto ao quarto escuro, Carmen pesou que agora eu precisava fazer um teste de HIV.

"Quem diz que nunca faz loucuras é mentiroso, travado ou hipócrita", Carmen questionou, "mas uma loucura dessas é quase suicídio". "Agora você tem um problema, Cris, um problema que vai ser uma dúvida terrível até você solucioná-lo."

Diante daquilo, eu fiquei arrasada. Carmen tinha toda razão: na voracidade de viver, eu tinha posto meu bem-estar em risco. De qualquer forma só poderia fazer o teste algumas semanas depois, quando já estivesse de volta ao Brasil.

Carmen decidiu ir comigo em outra boate, chamada Liar, que ficava também no Soho. Bebemos e conversamos a noite toda. Fomos muito assediadas por várias mulheres e Carmen afastava todas as cantadas educadamente. Acabei trocando beijos com uma menina japonesa chamada Keiko, minutos antes de ir embora.

Uma tarde estávamos batendo perna em um bairro chamado Hammersmith quando vimos um cibercafé. Entramos para navegar um pouco pela internet. Carlos e Carmen estavam ficando juntos finalmente e eu e Bruno acabávamos sobrando na história. Consultei datas da matrícula na faculdade, li os jornais brasileiros e...

Cris,
Será que vc se lembra de mim? Joana, a moleca chata que a senhora conheceu em São Paulo. Estou chamando vc de senhora pq consegui o seu tel com a Astrid, liguei e sua mãe deu o serviço completo, advogada ano que vem com livro já publicado e tudo. E o melhor, passando férias em Londres? No creo. Escuta, Cris, se vc quiser uma amiga eu tô aqui, é só conversar. As pessoas me acham chata. Metida e tal, mas eu sei ser boazinha às vezes, quando me interessa. Vc querendo é só me chamar, ok? Boa sorte aí na terra dos Beatles.

Senti uma felicidade sem igual. Ela não me esquecera. Mas por que só escreveu três meses depois? Era uma incógnita, mas que não me importou muito. Respondi imediatamente, falando de Londres e de tudo o que me levara até ali. Omitindo apenas a parte sobre a minha orientação sexual, o que na minha cabeça tola incluía agora omitir o teor do trabalho publicado. No dia seguinte procurei um cibercafé perto do hotel e abri o e-mail, muito ansiosa. Ela tinha respondido.

Cris,
Eu conheço Londres, também conheço Paris e Roma, que vc ainda não conheceu. Entre outras coisas que eu preciso te contar está

o fato de que ontem eu entrei em uma livraria de Direito aqui em SP e achei o seu livro. Claro que não é só seu, tem vários outros trabalhos sonolentos e mesmo o que vc assina é dividido com outros três patetas. Resumindo o assunto, estou lendo! Quem escreveu isso escreve bem, mas talvez não tenha sido vc. E uma pergunta: são todos gays e bolachas? Bolacha é sapatão cá na terra da garoa. Eu queria que vc respondesse sinceramente se vc é bolacha, pq eu não esqueci o jeito que a gente se olhou naquele dia na casa do meu irmão. Um beijo, Joana.

No e-mail anterior ela havia terminado abruptamente. Agora terminava com um beijo. Não sabia o que dizer sobre minha orientação sexual. Não sabia se podia confiar nela. Optei pela cautela, mesmo porque naqueles dias andava me sentindo muito preocupada e confusa. Sentia culpa pela minha sexualidade ter explodido fora de controle. E esta culpa me fazia ter de novo vergonha de ser aquilo que eu era.

Cara Joana,
Posso te garantir que nenhuma das outras pessoas envolvidas no trabalho que você leu é homossexual. Quanto a mim, continue tirando as conclusões que quiser, pois não pretendo nem quero ser tachada de nada. Espero que você entenda minha posição e não pergunte sobre esse assunto. A única certeza que eu tenho é que estou com saudades de casa. Por falar nisso, como anda o nosso Brasil? Um beijo, Cris.

Mandei este e-mail quase lacônico, em resposta ao tom jocoso e algo preconceituoso que ela adquiria quando falava de gays e lésbicas – quando sem saber, falava do meu mundo. Esperei a resposta por três dias. Sentia uma coisa estranha, um nó na garganta, toda vez que abria a caixa de mensagens e não tinha resposta dela. Cogitei a mensagem ter se perdido, se extraviado. Mas três dias depois, lá estava.

Cris,
Não se ofenda com bichas e bolachas. São só termos que eu uso comumente. A gente nem é amiga ainda, mas eu vou te contar

uma coisa. Naquele dia em que vc me olhou, eu tive atração. Digo atração mesmo por vc, mas aí eu fiquei nervosa e levei no deboche. Andei pensando nisso, se eu sinto atração por mulheres ou não. Por vc, que é linda, eu senti. Desculpa se vc não for bolacha, aí desconsidera o que estou falando, tá? Um beijo, Joana.

Só faltei ter um troço de tanta felicidade. E agora, o que eu respondia? Interrompi os beijos de Carlos e Carmen e pedi que me ajudassem. Carlos sugeriu que fosse sincera e dissesse a verdade. "Mentir nunca é bom", Carmen completou. Sentei no cibercafé, respirei fundo e comecei.

Joana,
Você insiste em saber se eu sou lésbica, certo? Pois então, eu sou. Diferente de você, eu não tenho qualquer dúvida, apesar de já ter tido muitas. Agora estou entrando em uma fase em que me encontro comigo mesma e me vejo madura o suficiente para aceitar o amor de uma mulher. Não uma mulher qualquer, mas a mulher por quem eu me apaixonar. Para mim tem sido importante nos últimos tempos estar me descobrindo: o trabalho que você leu e meu comportamento atual são o reflexo disso. Estou saindo muito, conhecendo o sexo de formas que talvez você nem imagine. E cada vez mais me convenço de que eu preciso de uma relação. É isso, acho que falei muito. Um beijo, Cris.

A resposta dessa vez não demorou a chegar.

Cris,
Meu, que bom que vc me disse a verdade verdadeira. Eu tava assustada com as coisas que eu tô sentindo, mas agora não vou ficar mais preocupada. Eu penso muito em vc o dia todo, há meses que eu tô metida nisso. Tenho muita experiência sexual, mais do que vc imagina que uma garota da minha idade possa ter, mas sempre com os meninos e nunca ficando satisfeita. Acho que no fundo eu sempre esperei o momento que uma outra menina ia olhar pra mim e me tirar disso. A menina foi vc. Pois

é, vc me olhou e me deixou em paz comigo mesma. Não sei explicar direito, anjo, sei que foi isso. Se vc não quiser me conhecer melhor eu entendo, a gente tem vidas completamente diferentes, vc vai se formar e eu ainda nem entrei na faculdade. Vc é do Rio e eu sou de SP. Vc é assumida nas coisas que faz e eu preciso da ajuda de alguém para me assumir também. Espero que me entenda e não enjoe de mim. Um beijo, Joana.

Era sorte demais para ser verdade. Joana nunca saberia que me apaixonara por ela no primeiro segundo que nos vimos. Mas agora eu entendia que a barreira de deboche e cinismo que parecia intransponível era só uma casca, frágil e confusa, de alguém que era como eu era e sentia quase as mesmas coisas que eu também sentia tão pouco tempo antes.

Joana se sentia insegura quanto ao meu interesse por ela – e eu tinha vontade de dizer a ela que faria qualquer coisa para que nosso interesse uma pela outra fosse eterno.

Os e-mails prosseguiram. Começamos a nos tratar de forma diferente, de anjo, de amiga, até que chegamos ao *Querida Cris* e *Querida Joana*. O dia de voltar para o Brasil se aproximava. Carlos e Carmen andavam apaixonadíssimos. Bruno se entretia indo aos shows de rock. E eu esquecera onde estava, só voltada para a hora de ir no cibercafé e abrir a caixa de mensagens.

8

Dias antes de voltarmos, pedi que Carmen e Carlos me acompanhassem em uma última incursão pela noite de Londres. Acho que eles se divertiram mais do que eu. Carlos pelo menos, parecia uma criança descobrindo o mundo, naqueles lugares escuros e adultos que eram justamente o oposto da vida – ensolarada, fácil e ingênua – que a gente levava no Rio.

Fomos a duas novas boates, bem piores que as primeiras. Em uma conversei com um grupo de garotas inglesas masculinizadas, que não me interessaram sexualmente, mas tinham um bom papo. Na última boate beijei só por beijar uma garota americana, chamada Kathleen. Estava encerrada minha temporada britânica.

Últimas compras, últimas visitas aos pontos turísticos, último passeio de ônibus e última olhada nas vitrines cheias de jóias na Bond Street. Ah sim, um último café da manhã na Selfridges e uma foto na escadaria do Museu Britânico. Arrumar as malas, avião cheio de ingleses e escoceses entusiasmados com o paraíso tropical. Voltamos. Que calor infernal faz nessa cidade e eu nunca tinha percebido?

Encarar minha mãe novamente foi a parte difícil. Ela queria saber da viagem, pediu para ver as fotos e perguntou se eu tinha namorado muito. Dava vontade de enfiar a cabeça no ralo, quando ela perguntava isso. Precisava vencer uma última etapa na minha busca pela felicidade, que era não me sentir vazia por dentro quando minha mãe fazia as perguntas tolas sobre namorados.

Corri para o computador e escrevi um e-mail para Joana. Queria telefonar no dia seguinte e perguntei o número. Não demorou a responder. Prometi que ligaria à noite e ela disse que não sairia de perto do telefone, ansiosa. Eu era a mulher mais feliz do mundo.

Antes de falar com Joana, telefonei para Mariana, porque tinha visto uma Mariana na lista de aprovados em Medicina na UFRJ e queria saber se era ela. Atendeu feliz, tranqüila, perguntou por onde eu andava e confirmou, era ela mesma.

Ainda estava namorando com Denise e agora se sentia apaixonada. "Ela é a menina certa para mim, Cris, preciso de alguém que cuide de mim e me conduza." Tanto melhor que estivesse feliz – eu também estava. Desliguei o telefone pensando que a vida era uma coisa maravilhosa e um mar de rosas.

Um mar de rosas por onde navegaria com Joana. Que ingênua eu estava!, peguei o telefone meia hora antes do combinado e fiquei com ele no meu colo. Lembrei de ligar para o consultório da ginecologista e marcar uma consulta para fazer os exames, mas já era muito tarde. Não precisava pegar o número de Joana, já o tinha decorado. Zero, operadora, onze... Liguei.

"Alô?" Era a mesma voz que ouvira tantos meses antes em São Paulo. "Sou eu, a Cris." Conversamos. Ela falou que tinha desistido do vestibular naquele ano e que no ano seguinte tentaria para Direito mesmo. Contei coisas da viagem. Uma hora em que se instalou o silêncio, Joana fez o barulhinho de um beijo. "É um beijo?", perguntei. E ela, "é sim, um beijo pra você, meu anjo". Enchi o telefone de beijos para retribuir.

Como interurbano é caro, os e-mails prosseguiram. Joana falava muito sobre sua vida em São Paulo, suas idas a lugares à noite, e eu falava da minha futura carreira e dos meus planos. A vida de Joana era diversão, a minha estudo e trabalho. De sexo nunca falávamos. Até que um dia falamos.

O mote foi minha ida à ginecologista. Um momento patético: "Doutora, vivi uma situação de risco e preciso fazer os exames". "Quantos anos você tem?", a médica perguntou. "Vou fazer vinte e dois." "E você com vinte e dois anos não sabe que não pode transar sem camisinha?" Para piorar, abriu uma gaveta e puxou um pacote de camisinhas dizendo, "anda sempre com elas na bolsa." "Mas doutora", gaguejei, "isto para mim não serve muito". "Como assim, não serve muito?" "É que eu sou lésbica, doutora."

A mulher ficou azul. Não perdeu a pose, mas engoliu em seco. "Existem as camisinhas femininas", acrescentou, mas não tinha nenhuma na gaveta para sacudir com aquele orgulho todo. Fez o preventivo e me passou o exame de sangue. "Volta daqui a uma semana", pediu. Mas não voltei e preferi procurar outra ginecologista, que não me olhasse como se eu fosse uma alienígena.

Foi isso que contei para Joana e ela me telefonou rindo, pedindo que contasse de novo por telefone. Repeti a história. Não teve curiosidade de saber por que eu precisava fazer um teste de HIV com urgência. Mas no e-mail seguinte, falou em assuntos que nunca tínhamos discutido antes.

> Querida Cris,
> Pensei nessa situação da médica encanada por vc ser lesb e fiquei achando que a gente (será que eu me incluo?) passa por coisas que não devia passar, apenas pq sente vontade de fazer coisas diferentes na cama. Coisas que não incluem um menino chato em cima de vc, um menino com quem vc não conversa e que vc precisa depois fingir que gosta só para não ficar sozinha. Se todas as meninas do mundo fossem mal comportadas feito vc talvez as coisas corressem melhor para as mulheres. A questão é a vergonha de se expor e de falar a verdade, como vc mesma me ensinou. Uma coisa é eu deitar na cama e pensar em vc me comendo, em nossos corpos se tocando. Outra vai ser quando nos conhecermos e isso tiver que acontecer mesmo. Entende o que eu falo? Nós duas nuazonas, sozinhas em um quarto de motel, tendo que ir uma para cima da outra. Isso me dá vergonha, me dá pudor. Um beijo da sua, Joana.

Ver Joana nua era a coisa que eu mais queria na vida. Mas não seria narcisista em acreditar que o meu desejo era idêntico ao desejo dela. Precisava entender que agora para mim era natural me entregar a outra mulher – mas ainda não era natural para Joana, que nunca tinha feito aquilo. O pedido que ela reiterava não custava atender: paciência e compreensão.

Outra pessoa no meu lugar, talvez se prendesse ao medo de que Joana podia estar brincando à distância com meus sentimentos, ou mesmo acreditar na possibilidade de que o jogo estava bom, mas que poderia ser apenas a brincadeira de uma menina volúvel e sem experiência. Essas possibilidades não me eram estranhas, mas eu preferia acreditar e me lançar sempre, porque é melhor fazer e sofrer do que sofrer por nunca fazer. E eu queria fazer: acreditar no amor de Joana por mim.

Em março ela fez aniversário. As aulas já tinham começado – era o último ano! – e na impossibilidade do encontro, comemoramos por e-mail. E também por uma nova ferramenta de comunicação à distância que agora usávamos diariamente: o ICQ.

Pelo ICQ Joana atrapalhava meus estudos o dia todo, com as perguntas mais absurdas possíveis, mas era tudo o que precisávamos. Resolvi me abrir com ela e contei os fatos linearmente: de Paula às boates em Londres. "Aqui em São Paulo", Joana disse, "tem uma ou duas boates com *dark room* também. Depois quero que você me leve lá". Eu disse que levava mas fiquei me roendo de ciúmes. Nunca faria isso.

Agora falávamos muito de sexo. Joana perguntava as coisas e me fazia exercer comparações. Minhas aventuras, em nossas conversas, viravam uma coisa mitológica. Pobre de mim, a tonta que passou vinte anos sem beijar ninguém, trancada em casa com medo do mundo.

Era exatamente isso: Joana também tinha medo do mundo. E por ter medo encontrava na minha vida, nos pequeninos acontecimentos da minha vida, uma forma de espiar pelo buraco da fechadura. E eu louca de amor, de tesão, era movida pelo desejo de me entregar a ela. Entregar qualquer parte de mim que ela quisesse.

"Cris, como são os seus seios?" "Meus seios são médios, um pouco maiores do que você nota pelo sutiã. O bico é um pouco mais escuro que os meus lábios." "E a sua bunda?" "Minha bunda é pequena, mas é bem durinha, acho que você vai gostar de pegar nela." "E o seu sexo?", achava engraçado que Joana falava sempre sexo em vez de boceta, e sempre com um ar envergonhado. "A boceta tem

bastante pentelhos castanhos. Mas se você pedir, eu tiro, ou você experimenta as duas formas e depois diz como prefere."
"Não vai fazer as mesmas perguntas para mim, Cris?" "Vou sim: seus seios?" "Meus seios são grandes demais, não gosto deles. São grandes e firmes, mas não gosto porque são grandes. O bico é quase marrom, não sei se você gosta assim." "É claro que gosto, Joana, eu acho lindo uma menina muito magra, assim feito você, com os seios grandes." "Acha mesmo?" "Acho." "Minha bunda é comum, muito branca quando olho no espelho." "Pára, estou com vontade de rir." "Meu sexo tem pentelhos pretos e quando eu fico só de calcinha, eles saem por cima e pelos lados, não dá um efeito muito bom não."

Dá sim, bobona. É uma delícia assim.

Mesmo com Joana falando todas essas coisas eu evitava perder o fio da meada durante as aulas. Era difícil, só pensava nela. Elaborei com Carmen um plano de estudos que incluía um passeio no calçadão da praia todo dia, para repassarmos a matéria. E lá iam as duas malucas dissertando sobre as leis trabalhistas, enquanto suavam e caminhavam rápido com roupas de ginástica. Claro que entre uma dissertação e outra falávamos também de Carlos e Joana, mas o objetivo era principalmente não deixar a matéria atrasar.

Carmen pediu para conhecer Joana. Ficou chocada ao saber que só tínhamos nos visto uma vez na vida. "Ela não é sua namorada?", difícil explicar. Foi por causa da pressão de Carmen que eu decidi que precisava novamente me atirar em direção ao destino.

Carmen me emprestou o dinheiro – "não precisa nunca pagar", disse, mas paguei dois meses depois – e prometeu anotar toda a matéria para que eu não perdesse nada. Obrigada, Carmen. Sem avisar a Joana, embarquei no avião da ponte aérea junto com uma multidão de executivos em uma segunda-feira ensolarada.

Lá ia eu para São Paulo de novo. O que encontrar daquela vez? Ninguém me esperava, ao mesmo tempo que tudo me esperava. Joana devia estar dormindo em casa, acordava sempre depois do meio-dia. E quando acordava, deixava uma mensagem no ICQ para eu abrir quando chegasse. Mal sabia que eu estava indo ao seu encontro.

Desci em Congonhas, como tinha feito seis meses antes. Apanhei um táxi. Não sabia onde me hospedar, mas lembrei do apartamento de Astrid, que tinha um flat próximo. Pedi ao motorista que me levasse para a rua Conselheiro Brotero, era esse o nome da rua mesmo? "É sim, senhorita." Paramos quase em frente ao flat, na esquina da rua e diante do Hospital Samaritano. Desci e fui perguntar o preço da diária. Convidativo ao meu bolso. Ótimo lugar para ficar.

Esperei dar meio-dia e telefonei para Joana. "Estou aqui, em Higienópolis." Ela emudeceu. "Não está feliz com a novidade?" Na verdade não estava. Falou coisas desconexas, de um jeito desesperado e confuso. Pedi que me explicasse o que passava por sua cabeça. Não explicou. Pediu um tempo para pensar. Fiquei sozinha no flat, vendo TV e esperando que ela me ligasse. Não ligou e eu liguei de volta.

"Eu quero saber o que você tem, Joana, não é justo me largar aqui." "Não estou largando, Cris, desculpa." "Então vem pra cá." "Vou sim, espera mais algumas horas?" "Que remédio, espero." Já era de noite e nada dela.

Quase onze horas da noite a campainha tocou. Pronto, lá estava eu de pernas bambas e uma sensação de que podia desfalecer. Olhei pelo olho mágico. Linda, com uma blusa de lã por cima de um conjunto azul-claro. Abri. Nos olhamos como se fôssemos duas desconhecidas.

Joana entrou e sentou. Estava fria. Na verdade gélida. Acendeu um cigarro e desatou a falar. Não sabia se era lésbica, não sabia o que queria da vida. Estava avaliando muitas possibilidades e enquanto isso, trocava os e-mails comigo, para ver o que acontecia no seu coração. "Mas parecia tão sincera", argumentei. Era sincera, "o problema são os finalmentes", complementou. Sentei ao lado dela. "Cris, o que você tem?" Eu estava me sentindo muito mal. "Desculpa, Joana, mas acho que não quero te ver nunca mais. Vai embora, some daqui, me deixa em paz!"

Eu me sentia uma idiota. Muito mais idiota do que já tinha me sentido outras vezes na minha vida. Mais idiota do que com

Paula ou com Astrid. Agora era a menina que eu amava. A menina por quem eu perdia horas de estudo, por quem eu estava jogando fora uma semana inteira de aulas no último ano. Joana levantou. As lágrimas caíam dos seus olhos cor de noite. Caíam por sobre os seus lábios. Os lábios que eu sonhei finalmente beijar, quando entrei naquele maldito avião.

"Me perdoa", pediu. Mas eu não perdoava. Ela dava a entender tanta coisa. Eu tinha toda a paciência do mundo com ela, mas tínhamos chegado a um ponto em que não restava mais nada, a não ser nos encontrarmos e oficializarmos o namoro. Joana bateu a porta e fiquei sozinha, feito morta, deitada no sofá da sala.

Valia a pena tudo isso? Eu não poderia ser uma menina como as outras, que espera o namorado ligar? Não, eu não poderia. Mas só alimentava desilusão por ser diferente. Por buscar não mentir para mim mesma e ser Cris em um mundo de tantas Paulas, Astrids e Joanas.

9

Um mundo de Joanas. Foi com isso que bobamente sonhei enquanto dormia no sofá da sala. Joana chegando na porta do flat e cheia de tesão, me beijando. Joana me tocando por dentro da blusa, como eu sonhava nos meus sonhos de menina. Joana nua na cama do quarto, uma nudez branca com os cabelos pretos em fabuloso contraste. Eu nua me oferecendo para ela. Meus olhos verdes e os olhos negros de Joana. Meus cabelos castanhos e os cabelos pretos da mulher que eu amava.

Acordei com o telefone. Corri para atender. Era ela. Não disse nada mas eu sabia que era ela. Depois um choro baixinho, até que desligou. Tomei um banho e saí para almoçar. Joana tinha razão quando dizia que São Paulo era o mar: a cidade agora me parecia um oceano de solidão e tristeza.

Comi no Shopping Pátio Higienópolis. Tantos rapazes na praça de alimentação tentando flertar comigo e eu ali, mortificada de paixão. Entrei no cinema e assisti a um filme argentino, chamado *O filho da noiva*. Era muito triste e desatei de chorar. Mas eu não chorava pela história tocante. Chorava de pena e ódio de mim mesma.

Na saída espiei o visor do celular. Ela tinha telefonado duas vezes. Carmen uma, Carlos outra. Não ia ligar para ninguém, concluí. Talvez só para Carlos, que quando eu finalmente liguei me informou sucintamente que haveria prova na segunda. E daí?, tive vontade de perguntar, mas não quis assustá-lo.

E daí?, eu devia perguntar ao mundo. Voltei para o hotel. Minha mãe achava que eu tinha viajado para participar de um seminário. Talvez pudesse aproveitar mesmo a semana e fazer alguma coisa. Estava pensando nisso quando a campainha tocou. Joana.

"Entra, vai." Sentou no sofá, no mesmo lugar do dia anterior. "Cris, me escuta, não vai adiantar nada você me expulsar de novo daqui." Talvez não adiantasse nada mesmo, mas eu estava me sentindo muito humilhada. "Fala o que você quiser, Joana, estou aqui por sua causa, por outra razão não teria saído do Rio." Ela falou bastante novamente. Contou que pensava em mim todas as horas do dia, mas que não tinha coragem de ir para a cama com outra mulher. "Então por que gastou meu tempo falando de sexo, aquelas coisas todas?" "Eu queria me testar, Cris, era isso." Mandei ela embora de novo. O diálogo estava impraticável.

No dia seguinte não coloquei os pés na rua. Joana tinha largado o maço de cigarros em cima da mesa. Fumei o maço todo, até ter falta de ar. Dormi cedo e tive a impressão de que a campainha tocou, mas não levantei para atender. De manhã, o telefone. "Cansei de tocar aí ontem e você não atendeu, fiquei preocupada, anjo." "Não precisa se preocupar", eu disse. Batemos o telefone uma na cara da outra sem despedidas.

Resolvi ir embora. Fiz as malas, paguei a conta e o táxi me deixou no aeroporto. Duas horas depois, estava no Rio. Saíra cheia de sonhos e voltara atônita. Havia no mundo, naquele momento, história mais triste que a minha?

Havia sim. Carlos e Carmen tinham se separado. Não uma separação amigável, mas uma briga definitiva. Nunca mais se falaram. E perto daquilo, minha situação com Joana era um pouco patética. A briga dos meus melhores amigos encerrava um ciclo pessoal para mim, em que os dois me davam muita força e formávamos um grupo solidário e vencedor.

Sem poder juntar na mesma mesa as pessoas que me apoiavam, sem conseguir chegar até Joana. "Fiquei tão nervosa, Cris, quando cheguei e você não estava mais lá no flat." Era Joana no telefone. Se despediu dizendo uma frase que me deixou confusa e reticente: "Aconteça o que acontecer, meu anjo, eu te adoro tanto".

Se adorava por que tudo aquilo? Resolvi pôr minha cabeça no lugar. Como? Indo na boate, *o lugar*, onde tudo começara. Beijando outra menina. Uma menina que dissesse que gostava, sim, de me tocar e me beijar. Uma menina para quem eu não precisasse explicar nada, pois já antevia o prazer que meu corpo era capaz de emprestar, a quem quisesse desvendá-lo.

Meu corpo. Fiquei nua diante do espelho. Não sabe o que está perdendo, não sabe. Não tocou meu peito, não apalpou minha bunda, não provou o meu gosto. Tão íntima, Joana correra ao largo da minha intimidade. Problema dela. A boate não mudava nada. Entrei e procurei um lugar nos sofás, onde conhecera Mariana. O número de meninas sozinhas duplicara. A maioria eu nunca tinha visto, uma festa só. Como me modificara desde a última vez que estivera ali! Cacei com os olhos. Prendi minha atenção em uma menina alta, de cintura larga, cabelos castanhos e olhos claros. Muito alta, bem mais que um metro e oitenta.

Fiz de tudo para que me notasse. Até que notou. Estava sozinha e parecia deslocada. Flertamos durante uns dez minutos. Levantei e fui até onde ela estava. Cumprimentos. Seu nome era Viviana e era de... São Paulo.

Conversamos sobre a outra cidade. Viviana ficou impressionada quando eu disse que ficava sempre em Higienópolis. Pareceu mais impressionada ainda quando disse que morava ali mesmo, em Ipanema. "Você deve ser muito rica", afirmou boquiaberta. Mal sabia que às vezes o que parece ostentação, na verdade é puro acaso.

A principal qualidade de Viviana, naquele momento, foi se mostrar impressionável. Ouvindo nela o jeito de falar de Joana, as mesmas gírias, o mesmo acento diferente nas palavras, era como se pudesse de fato ter uma trégua da verdadeira Joana dentro de mim, sem no entanto esquecê-la. Saí de mãos dadas com Viviana e fomos até o calçadão da Vieira Souto. Sentamos em um banco da praia e nos beijamos.

Eu estava em dúvida se queria ir para a cama com Viviana. Na verdade eu queria ouvir sua voz. Então a cada longa sessão de beijos, interrompia antes que esquentasse e puxava outro assunto. Ela parecia satisfeita com o meu interesse em suas coisas.

Tinha que me controlar, no entanto, para não chamá-la de Joana. Era por pouco que não acontecia. Caminhamos pela praia vazia, olhando o mar. Viviana morava longe, no Catete. "Aquele bairro é um lixo", falou, "não é igual a Ipanema." Convidei para ir até minha casa. Minha mãe ia conhecer outra "amiga da faculdade".

Não me preocupei em barrar a entrada da porta do meu quarto. Simplesmente deitamos na cama e apaguei a luz. Avançamos uma para cima da outra. Viviana era estranha, muito grande, parecia um homem forte. Penetrar sua vagina com os dedos era fácil, na verdade entravam vários dedos com uma enorme facilidade. Tinha um gosto bom, mais salgado que de costume. Ela também veio para mim e de forma meio atrapalhada, tentou me fazer gozar. Não conseguiu, mas eu colaborei fingindo, como de outras vezes.

Não dormimos e continuamos a conversar. Em certo momento absurdo da madrugada, Viviana me narrou uma história estranhíssima: em São Paulo, mulheres de sessenta, setenta anos, pagavam para ter sexo com garotas da nossa idade. "Pagam bem", Viviana confidenciou, "quinhentos ou seiscentos reais por vez". "E você já fez?", perguntei. "Muito", ela foi contando, "juntei dez mil reais com isso e vim para o Rio, eu sempre quis vir mas não tinha grana para me manter."

Agora, Viviana dividia um quarto de pensão no Catete com uma escultora de Minas. "Vou ficar aqui sem fazer nada até o dinheiro acabar, depois consigo emprego em uma boutique." "Entendo", eu disse, me sentindo um bocado desconfortável com a história. Tive vontade de não dormir com Viviana na mesma cama, vontade de ir embora, vontade de falar com Joana. Mas não podia ir embora porque estava na minha própria casa. Deixei então que Viviana adormecesse e fui para o computador. Digitei um e-mail para Joana.

> Se você está verdadeiramente preocupada comigo tenho que te dizer o seguinte: estou dormindo com uma menina que era prostituta lésbica aí em SP. Ela me contou uma história escabrosa, sobre mulheres grã-finas que pagam por garotas como nós. Sabe, um dia nós vamos ficar velhas também e não quero ficar sozinha para ter que chegar ao ponto de pagar por companhia. Eu quero que nós sejamos duas velhas senhoras que tenham uma a outra. Com amor, Cris.

Desliguei o computador e sentei na sala, para pensar. Acabei dormindo ali mesmo e quando acordei, Viviana estava na cozinha com minha mãe. As duas pareciam estar se dando bem. Trocaram receitas e Viviana estava ajudando a preparar o almoço. Almoçamos as três. Nos despedimos com uma troca de telefones. Quando consegui me livrar dela, corri para o computador e havia resposta de Joana.

> Escuta Cris, toma cuidado aí com quem vc sai. Eu tô falando isso porque eu te amo muito e fico preocupada, de verdade. Nós duas somos as mulheres mais lindas do Brasil e nunca vamos precisar pagar a ninguém. Que coisa, hein? Escuta, eu preciso te dizer uma parada, como vcs dizem aí no Rio. Te amo, te amo, te amo. Era isso que eu queria te dizer. Beijão.

Primeiro ela tinha dito que me adorava, agora que me amava. A questão era que uma única palavra de Joana, salvava meu dia. Por isso eu a procurava nos piores momentos. Era ela a minha única fonte possível de bom humor.

Na segunda-feira peguei no laboratório o resultado do meu exame de sangue. Escapara ilesa da loucura em Londres. Mas agora tinha em Viviana outra fonte de paranóia. Dali a um mês iria refazer o exame, com certeza.

Liguei para Carlos. Ele já começara a preparar sua monografia para o final do ano. Perguntou minha opinião sobre drogas. Relatei que nas boates, quase todo mundo tomava, principalmente bolinhas para emagrecer, anfepramona, três ou quatro garantiam a noite, mas eu passava distante. "Só gosto de uma bebidinha", afirmei, e ele achou graça. Parecia triste por causa da briga com Carmen.

Carmen, por sinal, também já tinha começado a escrever sua monografia. Telefonei para ela em seguida de ter falado com Carlos. Conversamos um bocado e combinamos de voltar a andar na praia.

Respondi o e-mail de Joana e com isso voltamos a nos falar diariamente. Comecei a tentar apenas não perder um tempo enorme com os e-mails e as conversas pelo ICQ. Ela sentia a diferença e me cobrava. Um dia telefonou.

"Eu preciso de você, anjo", disse. "Também preciso de você", devolvi, "mas é que eu vou me formar." "Assim que você se formar vai ter seu próprio apartamento?", ela perguntou. Não soube o que responder e aquilo me deixou quieta.

Eu teria meu próprio apartamento? Mas como largar minha mãe sozinha? Bem, se fosse dona do meu próprio espaço poderia entrar e sair a hora que quisesse, com quem quisesse, e poderia assumir minha sexualidade sem culpas. A palavra culpa na minha cabeça agora se focava em um único símbolo: minha mãe. E adiantaria me distanciar dela? Ou o melhor era fazer com que ela enfrentasse a verdade?

> Você me perguntou no tel se eu pretendo morar sozinha quando me formar. Eu não respondi porque não tenho opinião sobre isso. É difícil ser lésbica quando a única pessoa com quem você tem vínculo familiar no mundo não sabe disso. Talvez se eu me distanciasse dela, resolvesse o problema. Ou talvez não? Ai Joana, me ajuda! No fundo acho que o melhor é ter a conversa séria que adio há anos. Com amor da sua, Cris.

Joana ficou dias sem me responder. Comecei a entrar em secreto desespero, mas evitei telefonar. O semestre agora estava acabando e eu, a exemplo de Carmen e Carlos, também tinha que começar minha monografia. Decidi que só começaria oficialmente depois das férias de julho, mesmo porque planejava ver Joana nas férias.

Onde estava Joana? Eu também precisava dizer algumas coisas a ela. Precisava dizer que ela devia passar no vestibular e entrar logo na faculdade. Que não era certo uma menina de quase dezenove anos solta na vida, sem fazer nada. Precisava dizer que a amava. E ela não respondia.

> Cris, meio sem tempo aqui por causa de umas coisas que estão acontecendo. Se vc for morar sozinha depois de formada eu vou morar com vc, prometo. Um beijo da sua, Joana.

Gelei. Na verdade me senti muito, mas muito feliz mesmo. Como assim, morar comigo? Gastei alguns dias totalmente avoada com isso na cabeça. Os exames finais do semestre chegaram e virei as noites estudando. No final das contas me toquei de que não falava com ela há duas semanas. Duas semanas sem qualquer notícia.

O irmão atendeu o telefone. E me informou que Joana nunca parava em casa. Tentei de novo mais tarde. Ela atendeu com voz de sono. "Eu tava dormindo, Cris, poxa." Pedi desculpas e perguntei o motivo da falta de notícias. "Não quis atrapalhar suas provas", disse, além disso estava montando um desfile de moda com duas amigas. "Eu vou desfilar", afirmou. "Já pintei até o cabelo."

De manhã antes de ir para a prova, abri o e-mail e Joana tinha mandado uma foto tirada com a *webcam*, dela com duas meninas lindas. Joana com o cabelo tingido de vermelho. Respondi rápido: *gostava mais antes, mas o cabelo é seu, faz o que você quiser. Beijos, Cris.*

O semestre terminou. Fiquei em dúvida sobre o que fazer e comecei a ir ao cinema sozinha. Vi quase todos os filmes em cartaz. Outra semana sem notícias de Joana. Telefonei de novo. "Escuta, Cris, amanhã é o desfile. Será que você não viria pra cá assistir?"

Era claro que eu ia. Consegui dinheiro emprestado novamente com Carmen. Foi difícil explicar para minha mãe uma nova viagem. Ela não se convenceu nem um pouco. Antes que proferisse a palavra "namorado", saí feito uma flecha em direção ao aeroporto.

Mesmo esquema: avião, táxi, flat em Higienópolis. Dois dias antes tinha encarado a prova de direito tributário mais complicada da minha vida. E agora? Ah, São Paulo de novo. Só me toquei que estava de volta quando o taxista me perguntou se era para ir pela São João. São João, como assim? O que estou fazendo comigo mesma, igual a uma bola de pingue-pongue?

Dessa vez seria diferente. Pelo menos eu desejava ardentemente que fosse. Telefonei para Joana e ela veio me ver. Era tudo tão igual, a campainha, o olho mágico: abri a porta e lá estava ela, a razão de todas as minhas loucuras, maravilhosa como sempre, só que com o cabelo tingido de vermelho.

Nos abraçamos forte. Os seios dela tocavam justamente embaixo dos meus. Era gostoso. "Perdoa Cris, me perdoa sempre." Eu disse que perdoava. Sentamos no sofá para conversar. Joana contou da dona da loja, que tinha encomendado o desfile no Shopping Eldorado. Perguntou da faculdade. "Passei em tudo, fica tranqüila." Enquanto conversávamos, eu tentava tocá-la. Mas ela fugia. De um jeito provocativo e excitante, mas fugia.

Nos despedimos e no dia seguinte, pela manhã, cheguei para o desfile com a credencial de convidada que ela me deu. Uma loja grande, conhecida no Brasil todo. Não durou muito e Joana só passou uma vez. As roupas eram tudo o que eu queria, mas me entediei com aquilo. Soava artificial e cafona. Para uma ipanemense, qualquer desfile de moda é uma versão piorada do que acontece naturalmente pelo bairro.

"Aquela é a Cris, a minha namorada", ouvi Joana dizendo para uma das suas colegas de desfile, enquanto se aproximavam. Sorri radiante de felicidade. A menina me cumprimentou. Também tinha os cabelos tingidos de vermelho e era tão linda quanto Joana. Flertei um pouco com ela, para causar ciúmes. Deu certo. Joana torceu os lábios e ficou emburrada. "Vamos embora", pediu, me arrastando para fora.

Voltamos para o flat. Antes passamos no Mc Donald's da Angélica e compramos um lanche. "Larga as coisas aí", Joana de repente disse. "Vem aqui, comigo."

Entramos no banheiro. Ela disse para eu me sentar em algum lugar. "Na pia?" "Está bom." E me empoleirei na pia. Causar ciúmes é mesmo uma arma infalível.

Joana tirou a bota, depois a calça, depois a blusa. Ficou só de sutiã e calcinha. "Está gostando?" "Meu amor", eu disse, "é claro." "Espera, então", retrucou com um pouco de raiva na voz e com a mão esquerda, desabotoou o sutiã, que foi escorrendo por sua barriga branca e delicada. Eram os seios mais lindos que eu já tinha visto na vida. Grandes e firmes, projetados abruptamente sobre o corpo de linhas curvas e elegantes. Por fim, Joana tirou a calcinha e entrou no chuveiro.

Tomou um banho completo. E eu sentada na pia, olhando. Era tão interessante que não me mexi, saboreando cada movimento que fazia. A boceta cheia de pêlos, exatamente como ela tinha descrito. Acabou o banho e se secou. Depois se vestiu. "Vem, Cris." E eu fui. Sentamos na sala e ficamos quietas um tempo, até que uma hora perguntei, "posso te beijar?" E ela fez que sim com a cabeça. Nos beijamos.

Nunca beijei com tanto ímpeto e tanta vontade. Era como se daquilo dependesse minha vida. "Te amo, te amo", uma disse para a outra. Tentei tocá-la, mas Joana fugiu. Deixei que fossem só beijos. De qualquer forma, parecia um sonho bom. "Preciso ir embora", finalmente disse. E foi, deixando para trás a menina mais feliz do mundo: Ana Cristina, a sua Cris, eu mesma.

No dia seguinte, bem cedo, Joana voltou. Apenas abri a porta e deitei de novo na cama. Ela ligou para o serviço de quarto e pediu um café da manhã. Fiz charme de quem não queria levantar e ela insistiu até que conseguiu. Tomamos café juntas e saímos para a vida.

"Tem peça na Faap", Joana sugeriu. Era uma peça de oito horas de duração, que começava às duas da tarde e acabava às dez da noite. Batemos perna um pouco pelas ruas, almoçamos no shopping e fomos ver a tal peça.

Em certo momento, quando eu já não agüentava mais, um dos atores desceu do palco e me puxou. Aquilo fazia parte da dramaticidade cênica. Perguntou a quem eu serviria, aos gregos ou aos troianos. "Aos gregos", eu disse sem pestanejar. Joana rolava de rir na cadeira. Dois atores vestidos de soldados gregos entraram em cena. Uma música da Gal Costa foi posta para tocar no último volume. Seguiu uma rápida entrevista: nome, endereço, idade. "Tem namorado?", um dos soldados gregos perguntou. Resolvi ser mais realista que o rei e chocar o público. "Tenho namorada", e apontei para Joana na platéia.

O teatro veio abaixo, batendo palmas. Voltei para o meu lugar. Joana me deu o braço, orgulhosa. Cochichou no meu ouvido:

"Não há ninguém no mundo com a sua força, meu amor, ninguém". Queria dizer a ela que a fonte da minha força agora era o seu carinho, mas me calei.

Saímos do teatro e nos despedimos no ponto de ônibus. Joana voltou para casa e eu voltei sozinha para o flat. Peguei o telefone e liguei para Carlos. Disse um monte de coisas sem sentido, que estava apaixonada e feliz. Ele pareceu contente por toda a minha felicidade. E pediu mais opiniões sobre o uso de drogas. "Uma vez eu pensei que o sexo era uma droga poderosa", eu disse e ele levou a sério, anotando tudo, "mas agora descobri que a droga mais poderosa e alienante não é o sexo, é a paixão".

A paixão. Eu queria ter Joana não porque a desejava sexualmente, mas porque sua presença na minha vida fora tomando o espaço da mola propulsora. O sexo era uma coisa secundária: tanto que ainda não tínhamos feito. O que interessava a nós duas era aquela ligação de almas, a necessidade de estar juntas e compartilhar, o que quer que fosse.

Dormi tranqüila. O dia seguinte se repetiu como o anterior. Joana chegou cedo, abri a porta, voltei a dormir. Ela conseguiu o café, me arrastou da cama e pronto, depois de uma sessão de beijos, rua.

Almoçamos pizza na Augusta e entramos no Espaço Unibanco para ver um filme, *Lúcia e o sexo*. A tal Lúcia era linda e tentei mostrar a Joana como desejar uma mulher. "Olha, que rosto, que boca", fiquei repetindo. Ela parecia interessada, mas não muito. Perguntei por que na saída e disse, "eu não sou lésbica, Cris, eu só gosto de uma mulher no mundo, você".

Eu precisava de alguma forma discutir aquilo com ela. Não era possível alguém se apaixonar por uma mulher, mesmo que fosse apenas uma vez na vida, e fingir que não é lésbica. "Tapar o sol com a peneira não dá", acabei explodindo, "você é lésbica sim, Joana, e quero que você se assuma." "Não sou", Joana insistiu, "eu não sinto atração por qualquer outra menina." Joana daquela forma confundia minha cabeça. Ao mesmo tempo em que elogiava minha coragem de me expor e me assumir, rechaçava sua condição de igualdade comigo.

Durante todo o resto do mês saímos juntas, andávamos de mãos dadas na rua e nos beijávamos no sofá do flat. Mas eu estava me tornando amarga em relação ao encaminhamento das coisas. Se Joana não se dizia lésbica, se Joana não queria ir para a cama de fato, o que eu fazia ali? Tentei conversar mas ela, como autômata, repetia a mesma tecla. Queria casar e viver o resto da vida comigo. Mas não era lésbica, pois não conseguia sentir desejo generalizado por mulheres.

Voltei para o Rio em princípio de agosto. Continuava em conflito: nunca tinha amado outra mulher na vida, só Joana, mesmo assim eu tinha coragem de dizer com todas as letras – *eu sou homossexual sim, e pronto*. Na verdade talvez eu fosse bissexual, mas é preciso que se diga que dá tudo na mesma. E quem não dá a cara a tapa é covarde. Joana era covarde? Não, não era.

Provou isso em uma página do *fotolog* de uma amiga, postando seu nome completo e dizendo com todas as letras que sua namorada e ela adorávamos aquela página. Podia ter assinado simplesmente Joana, mas colocou lá, Joana Ruiz. "Viu, Cris?, não tenho medo de nada", disse em uma mensagem no ICQ, que eu abri quando voltei da aula.

10

Último semestre. Parecia que tinha sido ontem minha entrada não muito triunfal para o primeiro dia de curso. Parecia que tinha sido ontem que eu tinha feito minhas primeiras amizades, que tinha me aproximado de Kátia e das outras. Parecia que tinha sido ontem que tinham me humilhado e eu dera a volta por cima.

Era difícil assistir às aulas agora. Me dividia entre dois lados da sala: de um, Carmen; do outro, Carlos. Como Carlos ficava muito com Bruno e com os outros garotos, eu passava a maior parte do tempo ao lado de Carmen.

Eu a admirava a cada dia mais e a tinha mais como minha melhor amiga. No entanto, para Carmen, o que Joana fazia ao não se assumir como lésbica era um erro irreparável. "Abre o olho, Cris, orgulho não faz mal a ninguém." Não fazia mesmo, mas orgulho gay nem todo mundo precisa ter. Ou precisa?

Passei os meses seguintes preparando a monografia. Escolhi um tema bem vago, relacionado aos crimes de responsabilidade profissional, simplesmente com medo de ficar estigmatizada como a defensora das bandeiras sexuais. Joana contribuía para esta minha momentânea confusão e insegurança. Mas talvez a escolha tenha sido acertada, porque preparei o trabalho em um ritmo muito acelerado, com a ajuda da orientadora e de Carmen, que já terminara a sua monografia e resolvera dar pitacos bem-vindos na minha.

Dividia agora meu tempo igualmente, entre o Direito e Joana. Um mês, dois, três meses sem nos vermos, mas era como se nos víssemos todos os dias, por causa das horas gastas no ICQ. As conversas eram recheadas de declarações de amor, de pedidos de atenção e carinho, da promessa, tão próxima de se realizar, de que moraríamos juntas no ano seguinte. Este tópico me doía na consciência quando via minha mãe o dia todo em casa, assistindo à TV, indo ao supermercado, cada vez mais velha e sozinha. E eu ainda devia a ela uma conversa reveladora, de conseqüências imprevisíveis.

Enquanto a tempestade não chega, que se aproveite a estiagem. Passei meu aniversário, em outubro, um pouco no telefone, um pouco no ICQ com Joana. Depois de horas de exaustiva conversa pela tela do computador, fui até a sala beber água e vi uma cena muito triste: um bolo e minha mãe no sofá, dormindo. Nunca me incomodava quando eu estava no computador e ficou aguardando, até cair morta de sono. Acordei ela, cantamos parabéns as duas e comemos bolo com coca-cola. Quando ela voltou a dormir, sentei na mesa da cozinha e chorei um bocado.

O jornal da faculdade preparou a tradicional matéria semestral sobre os formandos. Eram vinte ao todo. "Meu nome é Cris, tenho vinte e dois anos, gosto de rock antigo, principalmente dos Beatles. Já viajei para Londres, ganhei um prêmio em grupo como pesquisadora, resido em Ipanema. Vou me especializar em direito civil. Meus sonhos? Ah, meus sonhos são tantos que nem vale a pena citar. Meus melhores amigos no curso são o Carlos e a Carmen e o meu professor preferido é o Ricardo.

E você, moço? Meu nome é Carlos, vinte e cinco anos, gosto de jazz, principalmente Coltrane. Conheço Londres e Nova York. Para Londres eu fui graças ao prêmio que ganhei ano passado. Vou me especializar em Criminal e não tenho sonhos, eles foram comprar cigarro e desapareceram na névoa do tempo. Meus melhores amigos no curso são o Bruno e a Cris. Meu professor preferido dá aula em outra faculdade.

A terceira mocinha? Meu nome é Carmen, tenho vinte e três anos. Gosto de MPB; Chico, Milton e Caetano em primeiro lugar. Sim, eu também conheço Londres por causa do maldito prêmio, mas também conheço quase toda a Europa e a Disney. Vou me especializar em Família e meu sonho é por uma sociedade mais justa. Minha melhor amiga no curso é a Cris. Meu professor preferido é o Ricardo, por causa das explicações dele, bêbado feito um gambá, sobre exame de corpo de delito. Tá bom?"

"Olha nós três aqui", comentei com Carlos, "um dia vamos estar com cinqüenta anos de idade, abrir esse jornalzinho todo amarelado em uma gaveta de casa e puf, tomar um susto." "Eu vou tomar um susto por causa de outras coisas, bela", ele respondeu, "por ficar velho a gente não deve se assustar, senão morre de pavor."

Eu tinha Joana de longe e era a coisa mais maravilhosa que me acontecera na vida, mas andava sentindo um pouco de falta de sexo. Tentei conversar isso com ela mas não me dava ouvidos. Por outro lado, os exames de sangue sucessivos a que tinha me submetido por conta de comportamento imprudente me assustavam. O que fazer? Peguei o telefone e liguei para a única pessoa que me ocorreu: Mariana.

Ela agora estava no segundo período de Medicina e adorando tudo. Perguntei por Denise e disse que estavam dando um tempo. Não foi difícil me encontrar com ela, no mesmo apartamento enorme da Tijuca. A mãe me reconheceu. Nos trancamos no quarto e foi muito rápido. Fazia um ano que não nos víamos mas a intimidade retornou instantânea.

Beijei seu corpo com gosto, lambi seu sexo e me ofereci de todas as formas. "Nossa, Cris, o que houve?" "Não houve nada, só vontade de me sentir linda, desejada e gostosa novamente." Nas horas em que estive com Mariana não quis pensar em Joana. Depois contei de Joana para ela, que não demonstrou qualquer interesse. Na verdade o sexo para Mariana era uma rotina semanal, uma fuga divertida, apenas isso, e talvez fosse feliz assim.

Ocultei de Joana aquele meu encontro. Na verdade eu não ocultaria nada dela, se não fosse sua relutância absurda em ir para a cama comigo. Sexo era sempre algo indefinido, *um dia quando nós morarmos juntas* ou *quando eu estiver preparada*. Eu já estava mais do que preparada e relutava em esperar.

Novembro. Fui com minha mãe em uma boutique no Leblon, mandar fazer nossos vestidos para a formatura. Como sairia muito caro, só o meu acabou sendo feito lá – e minha mãe contratou uma costureira para fazer o seu. Eu precisava trabalhar, ao menos estagiar em algo remunerado. O vestido ficou pronto quinze dias depois. Monografia entregue, espera de notas. "Minha filha, eu sempre sonhei em ser bacharel em Direito e você vai realizar o meu sonho." Verdade mãe, aqui estou eu, pronta.

> Cris,
> Escuta bem uma coisa, doutora. Eu tomei uma decisão e tô indo amanhã pra sua formatura. Aí quero conhecer o pessoal e quero dizer pra todo mundo o quanto eu te amo. Inclusive para a sua mãe, você topa? Encontro marcado, amanhã, três horas da tarde, Congonhas-Santos Dumont. Só esperar.

Como assim? Ela sempre me surpreendia, era impressionante. Em vez de me sentir feliz, fui me sentindo aflita. Pela formatura, pela vinda inesperada da mulher que eu amava, pela conversa que ela agora propunha ter com a minha mãe. Respirei fundo e pensei: "É a hora, é chegada a hora de tudo". Se era para ser assim, que fosse.

O dia seguinte chegou. Ele sempre chega. Calculei meus compromissos: até às três da tarde, devia ter ido à faculdade pegar os convites, me arrumar e estar no aeroporto com certa antecedência. Traria Joana para casa, prepararia a roupa da formatura, me arrumaria de novo e sairíamos, eu, ela e minha mãe, de carro para a festa. Essa última parte, das três dentro do carro, me dava um nó nas tripas de nervoso.

Peguei os convites e almocei, pela última vez na vida, no bandejão universitário. Não sabia exatamente do que ia sentir falta, talvez de tudo. Um lugar pode parecer igual, mas a cada dia que passamos por ele se torna diferente, porque nós também nos tornamos pessoas diferentes. Quem disse essa frase? Ah, eu não sabia, nem tinha tempo para pensar nisso.

Peguei o carro e voltei para casa. Tomando banho, lembrei do dia em que Joana tomara banho na minha frente. Era emocionante pensar no universo de possibilidades que teríamos dali a algumas horas, quando ela desembarcasse no Rio. Estou indo, meu amor, estou indo.

Parei em frente ao armário, escolhendo a roupa, e tomei uma decisão: usar logo o vestido da formatura para encontrá-la. Podia parecer loucura, mas me pouparia o trabalho de tomar outro banho na volta. E mesmo se amassasse um pouco, a única pessoa que importava me ver bonita já teria visto. Coloquei o vestido, a maquiagem e o salto alto com todo cuidado do mundo. Lá estava eu, linda e deslumbrante.

Duas e meia. Estacionei o carro e sentei, toda emperiquitada, no *hall* de arquitetura modernista do aeroporto. Foi quando me veio um pensamento surpreendente. Aquele era o meu sonho que sempre se repetia! O sonho em que eu estava sentada em um *hall* de aeroporto, com um vestido longo, esperando alguém, e que agora se transformava em realidade perfeita. Comecei a chorar e as pessoas em volta se assustaram. "Bebe água, minha filha." Não, eu não queria água. Estava simplesmente feliz e realizada, tranqüila. Mais do que nunca, em paz.

Pela parede de vidro, vi o avião taxiando e os passageiros descendo, um a um. Lá estava Joana, com uma mala pesada, se atrapalhando toda. Corri para ajudar, mas tive que esperar no portão de desembarque. Ela saiu e fez com a boca, uau, e nos abraçamos e beijamos longamente. O aeroporto em peso intrigado – com a menina que chorara e agora estava beijando outra menina na boca! Vem, vou te levar para casa.

Joana nunca tinha ido ao Rio. Se surpreendeu com o Aterro e a Enseada de Botafogo. "Isso não é uma cidade, é uma pintura", disse, colando o nariz no vidro do carro. Quando atravessamos o túnel, informei que estávamos em Copacabana. "Não acredito que estou em Copacabana!", gritou, "era meu sonho de criança!" Peguei a pista da avenida Atlântica, junto da praia. Joana fechou os olhos e riu, riu muito. "Que bom, a gente se ama", dissemos quase juntas. Ipanema. "Pronto, é aqui."

Apresentei Joana à minha mãe. A conversa, seja lá qual fosse, devia ficar para o dia seguinte. Enquanto as duas se arrumavam, apanhei uma revista e fiquei lendo. Joana me chamou no quarto. Só de calcinha, me puxou para dentro e me deu um beijo ardente. Tentei tocar seus seios e ela permitiu. Beijei seu pescoço suavemente, depois o vale inacreditavelmente lindo e macio entre os dois seios. Por fim, ela pegou um dos seios entre as mãos e me ofereceu. Sorvi com vontade. Tivemos que parar porque já estávamos quase atrasadas.

No carro minha mãe fez um monte de perguntas. Onde Joana morava em São Paulo, o que estudava. Para piorar, Joana não era muito simpática e respondia tudo por monossílabos. Espiei pelo espelho retrovisor o rosto que minha mãe fazia, um pouco contrariada. Previ quase todos os problemas que aconteceriam depois da festa.

No grande salão uma faixa enorme se estendia: *Parabéns, Formandos 2002*. Procurei Carmen e Carlos. Ela estava em uma mesa distante com seus pais. Ele em uma mesa mais próxima, com o pai e alguns amigos.

Apresentei Joana. Carmen me puxou e sussurrou, "ela é linda, mas se disser para mim que não é lésbica vai ouvir". Bronqueei com Carmen de brincadeira – e pedi a sério que por favor não brigasse, já que me bastava vê-la ali longe do ex-namorado, a quem dizia amar tanto. Por que a vida tem que ser tão complicada?

Verdade, por que a vida tem que ser tão complicada? O meu diploma, por causa do nome, foi o primeiro a ser entregue. Minha mãe veio me abraçar, chorando muito. Joana também chorava e as duas me envolveram em um abraço longo. Sentei e fiquei vendo a diplomação dos outros: Bruno, Carlos e Carmen vieram em seguida. Lá estávamos nós, finalmente bacharéis em Direito. O resto da festa virou uma imensa balada, com um DJ trabalhando em último volume.

Dancei um bocado com Joana. Notei que minha mãe olhava. Comentei, "amor, não vai ser amanhã, vai ser hoje". "Como assim?", Joana estava eufórica e completamente desconectada da realidade. "Vai ser hoje a conversa", repeti, "nós duas e ela". "Hoje?", Joana voltou a si e me olhou assustada. "É, hoje", respondi, "pára de beber e fica ligada, por favor."

Joana parou de beber e adquiriu um ar sério. Percebi que sentia tanto medo quanto eu. Um pouco depois da meia-noite, decidimos ir embora. Peguei o carro no estacionamento e dirigi até a entrada do auditório. As duas já me esperavam na porta.

"Mãe, quando a gente chegar em casa precisamos ter uma conversa."

"Tudo bem, doutora Ana Cristina", ela respondeu brincando. Passamos de novo por Copacabana e pela praia de Ipanema. Joana agora espiava pelo vidro apreensiva. As duas subiram e fui deixar o carro na garagem. No elevador, pensei que eram talvez meus últimos momentos como a filha amada, motivo de orgulho. O que eu ia dizer, meu Deus?

A última coisa que pensei, no entanto, foi que sem ter Joana por perto, sem ter o porto seguro em que eu acreditava agora me apoiar, eu nunca teria a coragem de dizer a verdade. Teria sido sempre dúbia, dissimulada – ao menos com minha mãe. Mas lá estava Joana, ao meu lado, me admirando e me apoiando.

Sentamos as três na sala. "Escuta, mãe, preciso te contar uma coisa, na verdade nós precisamos." "O quê?", ela começou a ficar nervosa, temendo por meu tom de voz alguma tragédia. "É que eu e a Joana, mãe..." "Fala, Ana Cristina!" "Mãe, escuta, eu sou lésbica e a Joana é minha namorada. Pronto, acabou-se."

Ela não esboçou qualquer reação. Joana em certo momento abrira a boca e continuava assim, de boca aberta, entre o medo e o espanto. Depois de um longo tempo, minha mãe levantou e foi até a cozinha. Voltou bebendo água e sentou novamente. Começou a falar. E ouvi a coisa mais surpreendente que podia esperar em toda a minha vida.

"Eu já sabia, minha filha."

Ok, saber, sabia. Eu dava muita bandeira. Não quis dizer, no entanto, que aprovava. Iniciou, então, uma roda de acusações contra Joana. As duas discutiram de forma pesada. Minha mãe acusava Joana de ter me tirado do "bom caminho". "Escuto as ligações na extensão", disse, "minha filha se derretendo para você e você enfiando minhoca na cabeça dela." "Mãe, não é nada disso!", gritei. Joana respondia na mesma moeda, dizendo que minha mãe não me dava valor e que iríamos embora juntas as duas naquele dia mesmo. O caos estava instalado.

"Pára, por favor!", dei um grito, com todas as minhas forças. "Eu sou lésbica sim, sempre fui, poxa, desde menina! Ela não tem nada a ver com isso, é só a mulher que eu amo!" Me abracei forte com Joana. Nos trancamos no quarto e passamos o resto da noite quietas, sem ouvir também nenhum barulho do lado de fora.

Custou alguns dias. Dias horríveis em que três pessoas conviviam na mesma casa sem se falarem. Não tinha clima de transar com Joana. A memória é como uma espécie de videotape, por isso me atormentavam as lembranças, esparsas, da infância feliz ao lado do meu pai; ou depois, quando chegando do hospital, minha mãe deu a notícia de que ele morrera. Ou mais tarde, os aniversários e Natais que passávamos juntas e sozinhas; o boletim da escola que eu trazia e ela pedia para melhorar aqui e ali; a tristeza de vê-la todo dia deitada na cama sem ninguém ao lado; as vezes em que acordava de madrugada e, ao me ouvir tossindo, trazia água; todo o tempo absurdo que perdemos e perdemos, sem que uma dissesse a outra o que sentia, por que sentia, e qual era o caminho da libertação mútua.

Até que minha mãe nos chamou e disse: "Aconteça o que acontecer, você continua sendo minha filha. Eu te perdôo".

Diferente da formatura, não houve abraços. Nem sequer alívio. Só uma sacudida de cabeça em concordância e um retorno lento e doloroso da convivência. Eu entendia que era difícil para ela aceitar, simplesmente isso, aceitar. Talvez com o passar dos dias, dos meses, dos anos. De qualquer forma já tinha tomado minha decisão. Ia embora de casa, ter meu próprio espaço.

Quinze dias depois, saí com Joana e fomos a um motel. Eu não transaria mais em um lugar que, agora, entendia que não era meu. Era só a casa da minha mãe. Escolhi o motel mais caro do Rio, perto de São Conrado. Minhas últimas economias se foram. Mas eu teria Joana por completo, pela primeira vez.

Era uma enorme suíte, tríplex, com vista para o oceano Atlântico. Subimos para o último andar e deitamos nas espreguiçadeiras, contemplando aquele espetáculo da natureza. Fazia um pouco de frio e permanecemos ali, vestidas, desfrutando cada momento. O som ambiente tocava uma música que martelava aos ouvidos incansavelmente naqueles dias e que dizia muito da nossa situação de vida: *Misturou tudo em mim/ São Paulo, Rio de Janeiro.* Achamos um pouco de graça da coincidência.

Descemos para o segundo andar da suíte. Com calma, tiramos uma a roupa da outra e deitamos na cama. Primeiro despi Joana por completo. "Vem, Cris", Joana, finalmente nua, pediu. Eu fui. Beijei seus seios, duros e tensos, e toquei seu sexo pela primeira vez. Fiz tudo o que aprendera antes, com minhas inúmeras professoras. Joana gemeu baixinho, como eu gostava, encharcou minha mão do seu líquido que eu levava à boca e sorvia – e gozou rápido.

Depois me entreguei a ela, aos seus dedos finos e macios, aos seus lábios sugando com inexperiência os bicos dos meus seios. "É seu, tudo seu", disse enquanto nos beijávamos e ela me penetrava com os dedos. Virei de bruços, de lado, rodando em volta das carícias de Joana. Gozei ainda mais rápido do que ela. Repetimos mais duas vezes, extasiadas.

11

Voltamos para a casa da minha mãe. "Eu vou embora com você", disse a Joana. Telefonei para um escritório de Direito em São Paulo, onde um ex-professor meu trabalhava. Um rapaz de menos de quarenta anos. Perguntei se me aceitavam como estagiária, pagando o mínimo possível. Combinamos um valor irrisório e me considerei empregada.

A despedida foi fria. "Tchau, mãe." Ela tinha acompanhado tudo, a ligação, os preparativos da mudança. Conversamos um pouco e ela entendeu que era melhor assim. "Liga toda semana, Ana Cristina." "Ligo sim." Na verdade eu não tinha nada que me prendesse em lugar nenhum. Uns poucos CDs, uma meia dúzia de roupas que coloquei na mala. A única coisa que me prendia ainda era o amor por minha mãe.

Saiu tudo como eu queria? Mais ou menos. Estávamos muito tristes, eu e Joana. Com aquela mochila nas costas e aquele ar desolado, eu parecia mais uma *hippie* do que uma advogada. Pegamos o ônibus. Cinco horas e meia depois, descemos na Rodoviária do Tietê. Meu mundo antigo estava acabado.

E um mundo novo só começando. Joana me deu todo o dinheiro que tinha e consegui um quartinho na Vila Mariana. Um desses milhares de quartinhos que os estudantes de diferentes partes do Brasil alugam em São Paulo. Telefonei para Carmen e contei tudo. Ela estava agora estagiando em um escritório particular importante. "Vou estagiar no escritório do Luciano, lembra dele?", perguntei. Carmen lembrava sim e me desejou boa sorte. Nunca mais nos falamos.

No dia seguinte me apresentei para o trabalho. Era um escritório modesto, com muito serviço a fazer. Dera muita sorte porque de fato precisavam de uma estagiária. Enquanto não prestasse o exame da OAB e não me tornasse uma advogada de verdade, era ali que ia ter que me virar.

Combinei com Joana que até eu obter a carteira da ordem e encontrar outro emprego, ela devia permanecer na casa do irmão. Não era problema, nos víamos todo dia. No quarto em que eu morava não podíamos nos encontrar, ordens da dona da casa, mas o irmão de Joana vivia sempre viajando e o apartamento de Pinheiros, onde tudo começara, era quase só nosso. Eu saía cansada do trabalho, descia o elevador e era reconfortante vê-la ali, persistente, me esperando.

No final de semana, quando não tínhamos dinheiro para sair, ficávamos no quarto dela, conversando, nos beijando, e de madrugada, quando tínhamos certeza de que o irmão não ia chegar ou caíra no sono, nos amávamos de todas as maneiras possíveis. "Se eu soubesse que é tão bom com mulher, nunca teria ficado em dúvida", Joana disse.

Às vezes eu falava com minha mãe no telefone e ela agora me colocava para baixo, falando coisas depressivas. Mudara de idéia sobre me aceitar: "É pecado, filha. Volta para casa que a gente conversa melhor". Eu a amava e respeitava, mas não voltaria nunca.

Não vou mentir dizendo que a família de Joana morria de amores por mim, porque não era o caso. Gente muito desconfiada, zelosa de não sei o quê, em um tipo de reserva que beirava a secura e a má educação. O pai era gerente de banco, não um banco qualquer, mas *daquela agência na Paulista*, ele dizia com ênfase e Joana me olhava com o canto dos olhos, em um misto de desprezo e irreverência.

Talvez a chave para se entender a família não estivesse na mediocridade laboriosa do pai, mas no espírito dinâmico e empreendedor da mãe. Parecida fisicamente com Joana, dirigia o setor de vendas de uma fábrica de brinquedos conhecida no Brasil todo e o seu nome, tão angelical e sonoro quanto o da filha, também me atraía: Berenice. Doutor Ruiz, Dona Berenice, Joana e Marcos, a minha nova família paulistana?

Berenice me olhava e, apesar da paixão avassaladora por Joana, confesso que cheguei a desejá-la. Eram discretos e fugazes sonhos de escapadas, em que a mãe do amor da minha vida podia ser (por que não?) incitada pela própria filha a ter um casinho com sua namorada, e Joana nos observaria atenta e voluptuosa, feliz pelo bom entendimento entre todas. Cada loucura que a gente pensa, não é mesmo?

A verdade era bem outra: Berenice e o Doutor Ruiz agiam de forma cautelosa e cheia de cerimônias, a filha se apegava a uma amiga e não parecia haver maiores necessidades de envolvimento pessoal comigo por isso. Os olhares de Berenice, no fundo, soavam até estranhos, diante da impessoalidade com que me tratava cotidianamente.

Neste panorama eu tinha saudade dos meus sábados azuis em Ipanema, da minha vida morna e tão cheia de planos que eu podia empurrar, empurrar e ficar simplesmente sonhando com eles. Um dia sentada sozinha no escritório, uma chuva torrencial caindo, senti vontade de chorar.

Era como se chegando no alto de uma montanha muito alta, eu lembrasse com saudades do prazer da escalada, das descobertas do percurso – e lá de cima, olhando pra baixo, não sentisse nada além de um vazio profundo, de uma vontade louca de voltar ao ponto zero e fazer tudo de novo.

Isso não queria dizer que minha vida estava feita, completa ou que eu tinha alcançado qualquer dos meus sonhos. Na verdade, aquilo era um décimo do que sonhava para mim, aquilo era uma ínfima parcela da pequena aventura de minha vida. Mas uma coisa talvez estivesse me escapando: a ingenuidade.

Antes, eu acreditava em tudo e em todos. Agora, depois do furacão que me atravessara da faculdade até aquele marco – da tarde chuvosa e solitária no escritório em uma cidade que, se não me era hostil, era um bocado indiferente –, percebi que não bastava ser uma menina cheia de capacidades e vontade de ser feliz e vencer. Eu precisava também de muita sorte e trabalho.

O que também não seria sinônimo de felicidade repleta e instantânea. Quantas pessoas vencem na vida, na profissão que sonharam e são profundamente infelizes? Quantas pessoas escondem, na ânsia do trabalho e do sucesso, uma ferida aberta de frustrações? Definitivamente, eu podia sentir saudades da minha ingenuidade, porque ela tinha ido embora para o passado distante.

Felicidade pessoal e sucesso profissional, fiquei pensando, eram caminhos paralelos, não transversais, que eu teria que buscar percorrer. Nos dois apenas esperava ter Joana ao meu lado, segurando minhas mãos, uma amparando a outra com calor e segurança.

Se por um lado tantas coisas importantes ainda eram muito imprevisíveis e nebulosas, a rotina no escritório se tornara um bocado interessante. Dotada por meu simpático ex-professor – outro carioca exilado naquela loucura – de uma pequena mas eficaz biblioteca jurídica, eu rascunhava petições e montava os processos mais simples, que ele pouco revisava, por conta do volume de trabalho que nos chegava. Desta forma, tinha o prazer de acompanhar, assinados por outros advogados, meus tesouros sendo lidos por juízes e até desembargadores, recebendo contra-argumentações indignadas dos colegas "rivais" e sendo acolhidos como determinação, para a felicidade de muitos clientes. Nada podia ser melhor para uma jovem doutora do que este tipo de aprendizado.

Mantive Joana a par de tudo. Seu estilo de ser, suas perguntas sempre questionadoras e provocativas, colaboravam para que a cada dia eu me sentisse nova, disposta a mais uma batalha árdua. E batalhas árduas não me faltaram naqueles dias. Certa vez um velho e experiente advogado, que trabalhava em lado oposto ao do nosso escritório em um vultoso processo de herança, invadiu a sala e se dispôs a bater boca comigo. Estava a par de tudo e o refutei, argumento por argumento, até que cansasse e fosse embora. Mais tarde, discutindo com o Luciano, o velho advogado disse que a colega era "fogo". Senti uma felicidade sem igual, pois a colega era eu. E apesar da vasta experiência, ele me respeitara como uma igual.

Nos momentos de maior tensão, pensava sempre em algo que combinara com Joana. Certa vez, nós duas estávamos trocando de roupa juntas e Joana ficou nua, só de calça *jeans*. Era a visão feminina mais bonita que já presenciei. Parei tudo o que estava fazendo e me dediquei a beijar e chupar seus seios até que ela tremesse o corpo em um orgasmo extasiado. Durou muito tempo, uns quarenta minutos de êxtase e troca de fluidos. Mas no fim, agradecida, cochichou no meu ouvido: "Lembra sempre desse momento quando estiver envolvida com aquelas chatices do escritório".

E não sem certa ironia, era nisso, exatamente nisso, que eu sempre pensava, executando minhas tarefas rotineiras no meio daqueles homens todos engravatados.

Final de semana, algum dinheiro no bolso por conta da generosidade do pai de Joana, que aceitou a idéia da filha, comprou meu carro no Rio e o rebocou até São Paulo, dando de presente à Joana (continuava a ser meu da mesma forma, mas ele não imaginava). Procuramos um barzinho que todo mundo falava. No caminho Joana me contou que, meses antes, a idéia de ir naquele bar parecia a ela algo absurda. "São Paulo é feita de guetos", explicou, "assim, se você habita um mundo, pode ver outros com desconfiança." Isso valia tanto para a família Ruiz, que não apreciava muito os brasileiros de várias gerações, quanto para a tribo heterossexual em que Joana se incluía quando me conheceu.

O bar não era lá essas coisas, existiam mais e melhores lugares a serem explorados na cidade, mas mesmo assim nos divertimos um bocado. Era um tipo de diversão diferente da que eu tinha no Rio: antes, era a tensão óbvia e a excitação de encontrar rapidamente uma companhia para o sexo. Caça e caçadora. Agora era possível relaxar completamente e aproveitar cada segundo, pois afinal, companhia eu já possuía. Perdemos um tempo enorme bebendo e observando cada uma das meninas e dos casais que chegavam. Por outro lado, éramos também observadas e julgadas da mesma forma. Chato isso? Não achava, achava interessante. Quem diz que vai para a noite e não quer ser visto é simplesmente hipócrita.

"Escuta aqui", uma menina falava com ar gaiato para sua companheira de mesa, "não saio mais com você se ficar olhando para outra". Eu e Joana começamos a rir. E era para Joana que a outra olhava. Estavam obviamente brincando e tentando travar contato conosco de maneira original, afetando uma falsa discussão de ciúmes.

Não as convidamos para a nossa mesa porque queríamos ficar na nossa, sozinhas. Mas elas voltaram à carga: "Ei, ei bonitona". Agora era comigo. Voltei o corpo para olhá-las. Uma devia ter mais de vinte e cinco anos, a outra bem menos. Eram lindas.

Conversamos as quatro o resto da noite. Joana, mais arredia; eu interessadíssima no que elas tinham para falar. Foi uma troca de experiências: eu contando sobre o Rio e Londres, elas narrando a vida que agora para mim, parecia um tanto limitada e provinciana, dos lugares batidos na cidade de onde elas nunca tinham saído, tal como eu mesma era tão pouco tempo atrás, na minha cidade natal.

De qualquer forma, Júlia e Mara me fizeram pensar em muita coisa, sentada ali naquela mesinha de bar. Quando voltamos para casa – eu e Joana apelidamos meu quarto, com a decoração mínima e sem conforto, de *convento* – mas quando Joana me deixou na porta do edifício e voltei para a minha cama apertada e desconfortável, na cela do meu *convento* particular, tive uma sensação única de que fazia parte de *algo*.

Este *algo* era um sentimento de universalidade, de poder estar em qualquer lugar em qualquer parte do mundo, em qualquer metrópole, e conseguir encontrar pessoas iguais a mim, que me entendessem e me apoiassem. Afinal, em qualquer lugar do mundo existem garotas que gostam de garotas e assumem o que fazem, ou não?

Marcamos com nossas primeiras novas amigas um cinema no sábado, a exibição da cópia restaurada de um filme dos anos 80, chamado *Fome de viver*. "É com o David Bowie", Joana se animou a ir porque adorava o David Bowie. Nos encontramos em uma pizzaria ao lado do Espaço Unibanco. As três paulistanas militantes se esbaldaram na pizza. Eu, a carioca neurótica, muito preocupada com o corpo, fiquei só na Coca Light. "Come, Cris", Joana pegou um pedaço enorme de pizza, prendeu na boca e me incitou a mordê-lo. "Blé, que nojo", disse para elas acharem graça e esquecerem de tentar me empurrar aquele monte de gordura e colesterol.

"Aqui não tem Ipanema", Júlia comentou, "não tem praia para você ir amanhã, pode relaxar e comer em paz". Era curioso ouvir isso de uma pessoa com um corpo tão magro e atraente quanto o meu. Para arrematar, ainda tomaram sorvete.

Havia uma certa energia sexual pairando entre nós quatro, mas isso não parecia encontrar um desfecho. Achei melhor assim. Não vale a pena ir para a cama com todo mundo que a gente deseja. Existem situações e pessoas na vida que devem ser preservadas da maneira mais pura possível. Eu tinha agora esta lição intuitiva comigo: de preservar, quando antes com a força do sexo, eu destruía. A força do sexo continuava intacta em mim. Mas eu estava querendo aprender a usá-la.

E foi controlando meus baixos instintos que assisti, na companhia de três meninas lindas, às cenas tórridas de sexo entre Catherine Deneuve e Susan Sarandon. Mulheres vampiras e música *new wave*, de vinte anos atrás. "Vamos ser um do outro para sempre?", David Bowie pergunta para Catherine Deneuve. "Para sempre e sempre", ela responde. Tinha vontade de perguntar a mesma coisa para Joana.

Na saída do cinema fiz outra pergunta, um pouco mais desajeitada: "Você continua desejando só a mim?" E dessa vez, estranhamente, Joana não respondeu. Baixou os olhos.

12

Nosso dia-a-dia em São Paulo prosseguiu sem grandes alterações durante meses. Passei a visitar o velho prédio do Largo de São Francisco, a SanFran, a travar conhecimento com os colegas e professores, fazer bons contatos e me oferecer para trabalhos e atividades que me dessem visibilidade no meio profissional.

Julguei que seria importante fazermos novas amizades, mas Joana não deixava a timidez de lado e se soltava apenas comigo. Abria raras exceções para Júlia e Mara, que a faziam se sentir feliz e à vontade. Ou para suas velhas amigas de colégio, que nos tratavam com um misto de curiosidade e inveja mal disfarçada. "O amor entre mulheres incomoda", Mara disse a Joana com propriedade, "porque quando é verdadeiro, autêntico, soa muito mais natural do que uma relação tradicional".

Mara estava estudando sociologia e conversávamos um bocado também sobre natalidade, um tema polêmico e no seu ponto de vista, fundamental. Foi Mara quem definitivamente me convenceu a ter filhos com responsabilidade. "Se nós, por não termos compromissos patriarcais, estudamos mais e somos profissionais melhores, também temos que dar o exemplo à sociedade não colocando irresponsavelmente gente no mundo. Em um país tão problemático isso é um dever cívico que deve ser encampado pelas homossexuais modernas, concorda Cris?" Eu nunca tinha pensado daquela forma, mas era óbvio que concordava. Ser mãe é o sonho da maioria das mulheres, mas decidi que filhos, só muito bem planejados ou adotados.

Com o passar do tempo, Joana quis se afastar também de Júlia e Mara. Ainda assim, não me importei tanto quanto deveria.

A verdade é que Joana me preenchia e quando nos sentimos preenchidas, olhadas e amadas por outra mulher, adquirimos uma auto-suficiência e uma alegria de viver impressionantes. O amor entre iguais é um ópio – se Carlos não tivesse terminado sua famigerada monografia sobre drogas com louvor, eu acrescentaria essa frase –, uma droga bendita e eficaz. No meu caso, uma redenção que me tirara do nada e me dera sentido: começo, meio e fim.

O corpo de Joana era também o meu corpo, sua pele era a minha pele, seu gosto tão saboroso se confundia agora com meu paladar diário. E quando não podíamos estar juntas, era capaz do requinte de me tocar, me sentir, e crer piamente que os seios tocados eram os dela, o prazer que eu sentia não era apenas o meu prazer, mas também o prazer da minha mulher amada.

E quase sempre, quando eu me despia e me oferecia nua, Joana de rabugenta ou irritadiça passava a feliz e tranqüila, de amarga com algum acontecimento cotidiano transitava para um sorriso terno e, como se o que nos invadisse fosse uma lei superior de realização mútua, navegávamos em águas calmas, até que, cansadas, dormíssemos uma nos braços macios da outra.

Por tudo isso, não consigo dizer ao certo quando nem por que começamos a nos despedir. Em março montei um programa de estudos para o exame da OAB. A questão é que quando você se forma, torna-se apenas bacharel em Direito. Pode trabalhar na área, mas não pode advogar, ter clientes, defender causas. Para isso é necessário o Exame da Ordem dos Advogados do Brasil. E lá ia eu para mais um desafio, mais uma prova a ser superada.

Expliquei a Joana que ia acumular trabalho e estudo. Ela não me apanhava mais na porta do escritório. Eu não teria tempo para vê-la. Saía do escritório, descia para o metrô e quando chegava em casa, nos falávamos rapidamente pelo telefone. Depois horas estudando.

Durante um mês foi assim. O exame chegou e pedi que Joana me levasse até o local da prova. No táxi fomos fazendo mil planos, eu já tinha um emprego prometido em outro escritório, ganhando um salário razoável que me permitiria alugar um apartamento. Foi difícil, mas quando entreguei a prova, tive certeza de que tinha passado.

Nos vimos no dia seguinte. Joana estava quieta. Falei do apartamento, do emprego, e ela não se manifestou. Propus que fôssemos ao motel. "Não tenho dinheiro", disse.

Dinheiro nós tínhamos. "O que está havendo, meu amor?", perguntei. E ela disse que eu conseguira um emprego, uma carreira, mas ela não. "Estou cansada, Cris, cansada de te esperar. Quero ser produtora, trabalhar com moda, ter outra vida."

Não entendi nada. "Ontem você não estava feliz?", perguntei. "Não, não estava", respondeu. "Está de saco cheio?" Ficou quieta. Mesmo assim, arrastei ela para um local em Moema, recém-inaugurado, e que, diziam, recebia apenas casais de lésbicas. Era verdade, conseguimos um quarto dúplex, com uma cama linda. Um recanto muito discreto e elegante, a equipe de atendimento formada exclusivamente por mulheres. Luxos que só São Paulo oferece.

Joana pareceu um pouco feliz com aquele *glamour* todo e saltitantes, brincando como duas colegiais, arrancamos e jogamos as nossas roupas para o alto, ficando só de calcinha. Nos beijamos longamente e toquei sua boceta. "Vamos tomar um banho?", pediu. Entramos na banheira de hidromassagem e fizemos amor debaixo d'água, roçando nossas vaginas uma na outra. Pela última vez.

"Te amo", eu disse. Joana não respondeu. Virei para o lado, intrigada. "Você é minha vida e vamos ser muito felizes, muito mesmo". Nessa hora ela me deu um beijo e sorriu.

"Alô, por favor a Joana?" "Ela não está, Cris."

O irmão repetia sempre a mesma frase. Uma semana dizendo aquilo. O resultado do exame estava na minha mão: eu tinha passado! Mas a única pessoa importante do mundo para mim naquele momento, não sabia. Resolvi ir até o prédio onde os dois moravam. Fiquei sentada no portão por horas e nada de Joana.

Uma, duas, três, quatro horas. Fui até a Teodoro Sampaio fazer um lanche. Uma tremenda vontade de chorar. Quando voltei, ela estava no portão, entrando. "O que houve, Joana?"

Ela me olhou diferente. Em dois anos de convivência, eu já tinha visto aquele olhar outras vezes. Sabia o que ele significava. Não sei por que, mas na hora lembrei de Astrid. Do marido de Astrid na porta da livraria, antes da conversa final. Comigo não haveria conversa final. Antes que Joana se explicasse, virei as costas e desci a rua.

Situações que às vezes parecem tão complexas, tão eternas e necessárias, podem acabar de forma tola e simples, sem qualquer palavra. Não olhei para trás. Mais que nunca, agora sozinha no mundo.

Ficamos seis meses sem nos falar. Nunca soube o que houve de fato, se ela tinha outra pessoa ou se apenas cansou de mim. E naqueles seis meses tantas coisas aconteceram! Fui trabalhar em um escritório grande e aluguei um pequeno apartamento, onde eu vivo até hoje, na rua Rio de Janeiro, logo onde...

De qualquer forma, a menina de Ipanema foi morrendo em mim e dando lugar a uma mulher que precisa dividir seu tempo entre amar, viver e trabalhar. Descendo a rua, e virando um ou dois quarteirões, está o flat onde eu e Joana passamos tantas coisas boas juntas. Perto está o apartamento da minha agora melhor amiga em São Paulo, Astrid.

Astrid casou novamente e está grávida. Eu também vou me casar amanhã, com *você*, Mila, a minha Mila. Desde aquele chá-de-panela de Astrid ficou tão perfeito e tão límpido que estaríamos sempre juntas, que um dia dividiríamos o mesmo teto. Posso enumerar tantas e tantas razões por que é você, e nenhuma outra, que vai estar ao meu lado. Falando, sorrindo, me olhando e me desejando. Eu me entrego a você e peço que permaneça por aqui sempre. E que sobretudo me entenda.

A razão para falar sobre assuntos tão pessoais de uma forma explícita, sem esconder ou dissimular, é a de celebrarmos um pacto. Um pacto pelo qual eu te possua inteira e você me tenha completamente, da cabeça aos pés. Que nós sejamos uma coisa só, tanto nos acertos, nos erros e nas vitórias. Conto um pouco do meu passado porque prevejo em você o meu futuro.

Muitos destes fatos já havíamos conversado ao vivo, entre risadas e momentos sérios. Algumas dúvidas permaneciam e sei que após ter me confessado, o que sinto é a vontade de te ver e abraçar, como a menina que acha o caminho de casa após ter percorrido o mundo.

Com quem mais eu posso conversar por horas a fio sem ficar entediada, esperando a próxima surpresa que você fará para mim? Lembro da vez em que abri a porta do nosso apartamento e vi um embrulho de presente em cima da estante. Peguei a escada, subi devagar e dei de cara com a foto do nosso primeiro encontro, em uma moldura. É para ela que olho agora e penso em você.

Todos os desencontros tímidos do nosso início, os telefonemas, o carinho, a ajuda mútua e o almoço no restaurante da Angélica, quando te dei o anel de noivado e decidimos nos casar. Ali foi o momento mágico. Comecei a escrever e termino hoje, com a sensação de que valeu a pena sonhar, encarar a vida de frente e batalhar. Não temer a realidade, não ficar presa aos preconceitos dos outros.

A trajetória foi longa. Sou uma Cris melhor, porque tive a experiência incrível de chegar até aqui. Com uma única ressalva, claro. Eu, você e Astrid combinamos de não andarmos mais em Pinheiros. Aquele é um lugar amaldiçoado, brincamos, nossa felicidade não passa por lá.

Mas a minha felicidade passa por todas as outras ruas, avenidas e parques de São Paulo. A cidade para onde eu vim por amor e onde eu fiquei por amor. O lugar que é de Mila e é também de Joana. E é de Astrid e de Cris.

Ainda não terminou. Existe um último capítulo que não foi contado.

Seis meses se passaram, resolvi mandar um presente para Joana. Não sei por que, mas resolvi. Preparei um livrinho infantil, cheio de desenhos que eu mesma fiz. Mandei pelo correio. Recebi de volta um e-mail seco, com Joana falando sobre um suposto namorado. Telefonei para ela e discutimos – a discussão que não havia acontecido na nossa despedida inexplicável e silenciosa.

Joana repetiu, durante a discussão, o argumento de que não era lésbica, só sentia atração por mim. Eu me calei e lembrei de Carmen, tantas vezes recriminando aquele tipo de comportamento. Também me lembrei de Carlos, com suas tiradas de humor sarcástico, que eu nunca conseguiria repetir. E acima de tudo lembrei de mim mesma, que, por causa de Joana, tinha conseguido chegar a uma conclusão da minha vida e da minha sexualidade exatamente oposta à dela. Sou lésbica sim, e daí? O que há de vergonha nisso, meu Deus?

Desligamos o telefone e nem por um momento eu consegui dizer o que queria: obrigada por tudo. Obrigada a todos por mim mesma.

A. C.
Junho, 2005

POSFÁCIO

Em 2003, Carlos fez concurso para a Polícia Civil e passou. É delegado no Rio de Janeiro.
Carmen abriu seu próprio escritório de advocacia em 2004. Defende principalmente causas na área cível.
Bruno trabalha com Carmen e é seu atual namorado.
Mariana está no quarto ano de Medicina. Não sabe por onde anda Denise.
Paula é uma modelo internacional e está nas revistas de celebridades.
Viviana ainda mora no Catete e é artista plástica.
Júlia e Mara encontraram novas parceiras e sumiram no mundo.
Astrid trabalha no hospital e cuida do seu bebê.
Mila trabalha com Astrid.
Joana faz faculdade de Moda.
A mãe visita Cris a cada três meses.
Cris é muito feliz.

Esta é uma história quase real. Acontece com qualquer uma de nós, todos os dias.

SOBRE A AUTORA

Andréa Ormond, 28 anos, nasceu no Rio de Janeiro. Morou em lugares tão diferentes como São Paulo, Londres, Recife e Santiago do Chile. É formada em Letras pela PUC-RJ e estuda Direito na mesma universidade. Fez vários cursos na área de cinema e roteiro e criou o site *Estranho Encontro* (http://www.estranhoencontro.blogspot.com) sobre o cinema nacional, referência para pesquisadores. Além disso, vem se especializando na proteção jurídica e defesa da comunidade de gays, lésbicas, bissexuais e transexuais.

Para entrar em contato com a autora, escreva para andrea.ormond@uol.com.br.

IMPRESSO NA

sumago gráfica editorial ltda
rua itauna, 789   vila maria
02111-031   são paulo   sp
telefax 11 **6955 5636**
sumago@terra.com.br

GRÁFICA
sumago

Longa carta para Mila

FORMULÁRIO PARA CADASTRO

Para receber nosso catálogo de lançamentos em envelopes lacrados, opacos e discretos, preencha a ficha abaixo e envie para a caixa postal 62505, cep 01214-970, São Paulo-SP, ou passe-a pelo telefax (011) 3872-7476.

Nome: _____
Endereço: _____
Cidade: _____ Estado: _____
CEP: _____-_____ Bairro: _____
Tels.: (___) _____ Fax: (___) _____
E-mail: _____ Profissão: _____
Você se considera: ☐ gay ☐ lésbica ☐ bissexual ☐ travesti
☐ transexual ☐ simpatizante ☐ outro/a: _____

Você gostaria que publicássemos livros sobre:
☐ Auto-ajuda   ☐ Política/direitos humanos   ☐ Viagens
☐ Biografias/relatos   ☐ Psicologia
☐ Literatura   ☐ Saúde
☐ Literatura erótica   ☐ Religião/esoterismo
Outros:

Você já leu algum livro das Edições GLS? Qual? Quer dar a sua opinião?

Você gostaria de nos dar alguma sugestão?